J'ai tué

Un vieux prince émigré revient clandestinement dans son palais pour y mettre le feu; un détachement de cavalerie frappe sauvagement un soldat du régiment de la garde après avoir tué ses deux compagnons; un jeune garçon se réfugie dans la démence après la mort de son frère, engagé volontaire; un médecin, enrôlé malgré lui, tue le colonel tortionnaire; un médecin encore, dans un hôpital rural, lutte pour sauver des malades... L'horreur chez Boulgakov est naturelle comme la vie qui s'écoule.

L'écrivain essaie de comprendre, d'écouter. Il est au chevet de son pays malade que semble emporter la dernière bourrasque de neige, cette neige lancinante, aveuglante et mortelle, qui donne encore à ses pages une dimension tragique supplémentaire. Au loin, comme un rêve brisé, il y a Kiev, la ville natale de Boulgakov, la ville entre toutes aimée et perdue, l'antique et riche capitale qui fait dire au Dr Iachvine dans la nouvelle « J'ai tué » : *Cela fait sept ans que je vis à Moscou, mais j'ai toujours le mal du pays. Parfois j'en ai le cœur serré, et il me prend une envie terrible de sauter dans un train et de retourner là-bas... Revoir les escarpements du fleuve ensevelis sous la neige... Le Dniepr... il n'est pas au monde de ville plus belle que Kiev.*

Des événements vécus par l'écrivain entre 1916 et 1926, Boulgakov a choisi de ne retenir que ceux qui s'apparentaient aux moments sanglants de sa mémoire, comme si, de tous ses souvenirs, seuls l'intéressaient les épisodes les plus violents, les plus révoltants, les actes les plus innommables, les exactions les plus humiliantes : les bouleversements de la révolution, la cruauté des forces nationalistes de Pétlioura en Ukraine durant la guerre civile de 1919, l'antisémitisme, les combats meurtriers de tous les jours.

Là s'inscrit la personnalité singulière de l'écrivain-médecin qui abandonne assez vite l'exercice médical pour se consacrer à ses livres. Mais dès son passage dans un petit hôpital de campagne près de Smolensk, en 1916, la souffrance humaine devient son principal centre d'intérêt, jusqu'à en faire l'objet unique de son œuvre. Elle justifie sa nécessité d'écrire, donne à ses thèmes et à son style leur caractère d'urgence. A l'analyse lucide, au goût du diagnostic, au sens de l'observation, à l'infinie puissance de compassion et à sa réserve inépuisable d'émotion et de pitié, Boulgakov ajoute encore une obsession quasi maladive de l'hygiène. Jamais il ne caresse un chien sans aussitôt se laver les mains ! Selon lui, tous les passeports du monde devraient être remplacés par une bonne analyse d'urine ! Mais un autre trait de caractère, plus profond celui-là, c'est sa propension à l'exagération, à la démesure, au délire, au grotesque. Comme si cette formidable générosité, cette réceptivité exacerbée à la misère devaient le conduire vers une sorte de folie. Comme si le côté clinique et dramatique des destinées humaines, la longue et

(Suite au verso.)

patiente cohabitation avec l'horreur et la mise en échec perpétuelle devant la mort, l'entraînaient vers la déraison, du côté du cauchemar, de l'étrange, de l'inguérissable tourment. Sans doute, à force de débusquer l'indicible, de côtoyer de trop près la vérité organique et convulsive des êtres, a-t-il dérivé vers l'irrationnel. Ainsi a pu naître, chez l'écrivain soviétique, ce que l'on a appelé son « fantastique noir », c'est-à-dire la prolifération de formes sombres, insolites et déroutantes, parfois hallucinantes et diaboliques, un monde de fantasmagories d'une angoissante absurdité, que pourrait illustrer la célèbre phrase de Goya « *le sommeil de la raison engendre des monstres* ». Boulgakov rendait compte à sa manière de la réalité soviétique.

Dans la vie quotidienne, Boulgakov avait des allures de dandy, de mélomane raffiné, de conteur plein de gaieté et d'insouciance. La réalité intime était tout autre. A la charnière de deux univers, il avait vu la chute du tsarisme, la fin d'un monde, de son ordre et de ses valeurs. Il avait connu la guerre civile, et expérimenté un nouveau régime qui exerça sur lui de multiples censures. A peine sorti de l'adolescence, il était déjà un homme assombri et brisé. Un homme seul. Ses romans, ses pièces, ses nouvelles témoignent aujourd'hui de son tragique désarroi.

Adoptant tantôt un ton grave et mélancolique, tantôt un style incisif, satirique et corrosif, acéré comme le fil d'un rasoir, Boulgakov est le type même de l'écrivain suicidaire sauvé par l'humour. S'il aimait donner le change, et mystifier parfois, c'était pour mieux soutenir la position difficile qui était la sienne. Ni émigré, ni sympathisant avec le régime, il est resté le témoin vigilant et ironique d'une époque sans merci.

Nicole Chardaire.

MIKHAÏL BOULGAKOV

J'ai tué

RÉCITS TRADUITS DU RUSSE
PAR BARBARA NASAROFF

ÉDITIONS PICQUIER

Paru dans Le Livre de Poche :

LE MAÎTRE ET MARGUERITE.
LA GARDE BLANCHE.

LE FEU
DU KHAN TOUGAÏ

Parmi les nombreux projets littéraires de Boulgakov figurait, au début des années 20, celui d'un « drame historique » sur la chute du tsarisme. Le prince Youssoupov, instigateur de l'assassinat de Raspoutine (et dernier représentant d'une famille illustre dont l'origine remonte, selon certains, au légendaire khan Youssoup, chef du clan mongol des Nogaïs), devait en être l'un des personnages. La pièce resta inachevée, mais Boulgakov s'inspira de certains des éléments qu'il avait réunis – et en particulier des descriptions du château d'Arkhanguelskoïé, ancienne propriété des Youssoupov située dans les environs de Moscou –, pour écrire, en 1923, Le feu du khan Tougaï.

S'il relève à bien des égards du « fantastique noir » propre à la série des Diableries *(et que l'on retrouvera plus tard dans* Le Maître et Marguerite), *ce récit illustre aussi l'un des thèmes majeurs de l'auteur de* La Garde blanche *: la fin irréversible du monde ancien et de ses valeurs de culture, incarnées ici par le somptueux palais que revient visiter incognito, au milieu d'un groupe bruyant et dépenaillé, le prince (émigré) qui en fut naguère le maître.*

Paru en 1924 dans Le Journal rouge pour tous, Le feu du khan Tougaï *n'a retrouvé des lecteurs que cinquante ans plus tard, dans la revue* Notre contemporain, *avant d'être édité en 1980 dans un recueil.*

LE soleil commençait à descendre derrière les pins d'Orechnev, laissant disparaître dans l'ombre, devant le palais, le dieu Apollon le Triste, quand du pavillon de la gardienne des lieux, Tatiana Mikhaïlovna, accourut la fille de service Dounka :

– Iona Vassilitch! Eh! Iona Vassilitch, venez! criat-elle. Tatiana Mikhaïlovna demande après vous. C'est pour la visite... Elle est mal fichue, elle a une joue grosse comme ça!

Faisant bouffer sa jupe en une large cloche qui découvrit ses mollets nus, la rose Dounka s'en retourna au galop là d'où elle était venue.

Iona, le valet de chambre tout décrépit, laissa là son balai et, longeant les écuries incendiées envahies par les mauvaises herbes, se dirigea d'un pas traînant chez Tatiana Mikhaïlovna.

Le pavillon avait les volets à demi fermés; dès l'entrée on y sentait une forte odeur d'iode et d'huile de camphre. Iona tâtonna dans la semi-obscurité puis, au bruit d'un faible gémissement, entra dans la chambre. Sur le lit, dans la pénombre, on distinguait confusément la chatte Moumka et une espèce de lapin blanc avec d'énormes oreilles entourant un œil douloureux.

– C'est-y les dents? marmonna Iona avec compassion.

– Mmm... oui, soupira le lapin blanc.

– Oh! là! là! En voilà une affaire, s'apitoya Iona, c'est-y pas un malheur! C'est donc ça que César n'arrête pas de hurler... Je lui dis : qu'est-ce que tu as à hurler comme ça en plein jour, imbécile! Hein? Ça se fait pas de hurler comme ça à la mort. Pas vrai? Tais-toi donc, imbécile, ou tu vas t'attirer des malheurs. De la fiente de poule, qu'il faut appliquer sur la joue. Ça partira en moins de deux.

– Iona... Iona Vassilitch, articula faiblement Tatiana Mikhaïlovna, aujourd'hui, c'est jour de visite, on est mercredi. Et moi, je ne peux pas y aller. Si c'est pas malheureux... Alors vous irez vous-même accompagner les visiteurs, n'est-ce pas? Vous leur montrerez tout. Je vais vous prêter Dounka, elle ira avec vous.

– Bon, ben... C'est pas si compliqué. On se débrouillera bien tout seuls, allez. On fera attention. L'important, c'est d'avoir l'œil sur les tasses. C'est ça le plus important. Parce qu'il en vient de toutes sortes, ici... C'est pas bien sorcier d'en prendre une, et hop! dans la poche. Et après, on peut toujours courir pour la récupérer, la tasse. Et qui est-ce qui sera responsable? Nous, pardi. Un tableau, c'est pas pareil, on peut pas le cacher dans sa poche, pas vrai?

– Dounka ira avec vous, elle surveillera par-derrière. Et si on vous demande des explications, vous direz que la gardienne est malade.

– Bon, bon, c'est entendu. Et n'oubliez pas – de la fiente de poule. Les docteurs, ils vous arrachent la dent, ils vous charcutent la joue, aussi sec. Il y a un gars

10

d'Orechnev – Fédor, il s'appelait – à qui on a arraché une dent, comme ça. Eh bien, il en est mort. C'était du temps quand vous n'étiez pas encore là. Il y avait aussi un chien chez lui, qui hurlait.

Tatiana Mikhaïlovna émit un bref gémissement et dit :

– Allez, Iona Vassilitch, allez donc, peut-être y a-t-il déjà du monde...

Iona ouvrit la lourde grille en fonte sur laquelle un écriteau blanc indiquait :

DOMAINE-MUSÉE
Etat-major des khans
Visite les mercredi, vendredi et dimanche
de 18 heures à 20 heures

Et à six heures et demie, le train de banlieue, venant de Moscou, amena les visiteurs. D'abord, tout un groupe d'une vingtaine de jeunes gens rieurs. Des adolescents en chemise kaki, des filles tête nue vêtues qui d'une marinière blanche, qui d'un chemisier multicolore. Certaines étaient pieds nus dans des sandales, d'autres portaient des souliers noirs éculés; les garçons étaient chaussés de bottes hautes à bout droit.

Au milieu de toute cette jeunesse, il y avait un homme plus très jeune, d'une quarantaine d'années environ, qui, d'emblée, stupéfia Iona. L'homme était complètement nu, mis à part un pince-nez recollé avec de la cire à cacheter violette et une culotte courte couleur café au lait qui ne lui arrivait pas aux genoux, retenue au ventre par une ceinture portant l'inscription « Collège moderne et technique n° 1 ».

Des petites taches brunâtres, séquelles d'une éruption négligée, parsemaient le dos légèrement voûté de

11

l'homme nu. Ses jambes étaient de taille différente, celle de droite plus grosse que celle de gauche, et toutes deux striées aux mollets de veines noueuses.

Les jeunes gens et les jeunes filles semblaient ne rien voir d'étonnant à ce qu'un homme nu prît le train et visitât dans cette tenue d'anciens domaines, mais le vieux et triste Iona en fut stupéfait et affligé.

Au milieu des jeunes filles, l'homme nu avançait vers le palais, tête dressée, la moustache crânement tortillée en croc d'un côté et la barbiche taillée court à la façon des gens instruits. Les jeunes gens qui entouraient Iona de toutes parts jacassaient et riaient sans arrêt, si bien que le vieillard, décontenancé, s'embrouilla complète-ment, pensant avec tristesse aux tasses et jetant à l'adresse de Dounka des clins d'œil significatifs sur l'homme nu. Dounka, à la vue du personnage aux jambes dépareillées, avait les joues comme prêtes à éclater. Pour couronner le tout, César, surgissant d'on ne sait où, laissa passer tout le monde sans difficulté, mais devant l'homme nu il se mit à aboyer d'un ton aigre et éraillé de vieillard, en s'étranglant et en toussant. Puis il partit d'un glapissement éperdu.

« Pff... quel sale type », pensait Iona, désemparé, louchant avec aigreur vers l'hôte indésirable. « Quel mauvais sort nous l'amène ? Et César, qu'est-ce qu'il a donc à hurler, celui-là ? Si quelqu'un doit crever, au moins que ce soit ce type, là, qui se promène tout nu. »

Il fallut calmer César en lui caressant les côtes à coups de clefs, car à la suite de cette multitude débraillée s'avançaient en groupe séparé cinq bons visiteurs. Une dame avec un gros ventre, rouge et énervée à cause de l'homme nu, flanquée d'une adolescente aux longues tresses. Un homme de haute taille, le visage rasé, accompagné d'une belle dame maquillée, et un riche monsieur étranger d'un certain âge, portant des lunettes rondes cerclées d'or, un large manteau clair et une canne. César lâcha l'homme nu pour les bons visiteurs et, ses yeux troubles de vieillard emplis de tristesse, commença à aboyer sur le parapluie vert de la dame. Après quoi il poussa un hurlement tel en direction de l'étranger que celui-ci blêmit, recula et grommela quelque chose en une langue que personne ne connaissait.

Iona, perdant patience, flanqua une sérieuse volée à César, qui cessa net de hurler, se mit à geindre et disparut.

– Essuyez-vous les pieds sur le paillasson, prononça Iona, prenant cette expression grave et solennelle qu'il arborait toujours lorsqu'il pénétrait dans le palais. Il glissa à l'oreille de Dounka : « Fais bien attention, hein… », puis ouvrit à l'aide d'une lourde clef la porte vitrée de la terrasse. Les dieux blancs sur la balustrade regardèrent d'un air accueillant les visiteurs.

Ceux-ci commencèrent à gravir l'escalier blanc aux marches recouvertes d'un tapis couleur framboise maintenu par des tringles dorées. L'homme nu se retrouva devant tout le monde, à côté d'Iona; il avançait, foulant ostensiblement de ses pieds nus les marches duveteuses.

Les hauts vitrages derrière la colonnade laissaient s'écouler la lumière du soir, adoucie par les fins voilages blancs. Arrivés à l'étage supérieur, les visiteurs, en se retournant, virent le gouffre béant de l'escalier qu'ils venaient de franchir, la balustrade avec ses statues blanches, les trumeaux blancs sur lesquels se détachaient les toiles noires des portraits, et le lustre ciselé qui de son fil ténu menaçait de tomber dans le vide. Tout là-haut, prêts à l'envol, tournoyaient des Amours roses.

– Regarde, Vérotchka, regarde! chuchota la grosse maman. Tu vois un peu comment ils vivaient, les princes, en temps normal?

Iona se tenait légèrement à l'écart, son visage glabre et ridé scintillant de fierté dans la paix du soir.

L'homme nu rectifia son pince-nez, lança un regard circulaire autour de lui et déclara :

– C'est Rastrelli qui a construit ça. Aucun doute possible. Dix-huitième siècle.

– Comment ça, Rastrelli? rétorqua Iona en toussotant. C'est le prince Anton Ioanovitch, paix à son âme dans le royaume de Dieu, qui a construit le palais, il y a de ça cent cinquante ans. Eh oui, soupira-t-il. L'arrière-arrière-arrière-grand-père du prince actuel.

Tous se tournèrent vers Iona.

– Vous ne comprenez pas, sans doute, reprit l'homme nu. Bien sûr que le palais a été construit sous Anton Ioanovitch, mais l'architecte, c'était bien Rastrelli, non? Ensuite, le royaume de Dieu n'existe pas, et grâce au ciel, aujourd'hui, il n'y a plus de prince. Mais je ne comprends pas, où donc est le guide?

– La guide, souffla haineusement Iona à l'adresse de l'homme nu, elle est au lit, rapport à ses dents. Elle se meurt, figurez-vous, peut-être même qu'elle passera pas la nuit. Et pour le royaume de Dieu, là vous avez bien raison. Il n'y en a pas pour tout le monde. Au royaume de Dieu, on n'y entre pas en tenue honteuse, sans pantalons. Pas vrai?

Les jeunes gens éclatèrent d'un seul rire, avec fracas.

14

Les yeux de l'homme nu papillotèrent, il avança les lèvres.

– Je vous dirai, tout de même, que vos sympathies à l'égard du royaume de Dieu et des princes sont pour le moins surprenantes, à notre époque... Et il me semble...

– Laissez, camarade Antonov, fit d'un ton conciliant une jeune fille du groupe.

– Allez, Sémion Ivanovitch, laisse tomber, retentit une voix de basse éraillée.

La visite continua. Les derniers rayons du soleil couchant filtraient à travers le treillis de lierre recouvrant la porte vitrée qui donnait sur la terrasse aux ormes blancs. Six colonnes blanches à chapiteau orné de feuilles ciselées soutenaient la galerie où, jadis, on voyait étinceler les trompettes des musiciens. Les colonnes s'élançaient, joyeuses et pures, au-dessus des fines chaises dorées qui s'alignaient sagement à leur pied. Sur les murs, les grappes sombres des quinquets regardaient fixement, comme si l'on venait d'y éteindre, la veille, les bougies blanches consumées qu'on y avait fichées. Les Amours se mêlaient à l'entrelacs des guirlandes, dans les nuages pastel une femme dénudée dansait. Sous les pieds des visiteurs filait un parquet glissant en damier. Elle était étrange, cette foule nouvelle et animée foulant les carrés à bandes noires du damier, et l'étranger aux lunettes cerclées d'or parut oppressant et sombre. Debout derrière une colonne, il regardait au loin, captivé, par-delà le treillis de lierre.

Au milieu du brouhaha confus s'éleva la voix de l'homme nu. Promenant son pied sur le parquet luisant, il demanda à Iona :

– Qui a fait le parquet ?

15

– Les artisans serfs, répondit Iona avec animosité. Nos serfs à nous.

L'homme nu eut un petit sourire désapprobateur.

– C'est de la belle ouvrage, il n'y a pas à dire. On voit qu'ils ont dû s'échiner longtemps à scier ces petites choses. Pour que des parasites viennent ensuite user là-dessus la semelle de leurs souliers. Les Onéguine[1] et tutti quanti... Ils dansaient sûrement des nuits entières. Puisqu'ils n'avaient rien d'autre à faire...

« En voilà une peste à poil, que Dieu me pardonne, et qui s'incruste », pensa Iona; il soupira, hocha la tête et continua la visite.

Les murs disparurent sous les toiles sombres aux cadres dorés ternis par les ans. Catherine II, vêtue d'hermine, un diadème dans ses cheveux blancs crêpelés, ses sourcils noircis à l'antimoine surmontés d'une immense et lourde couronne, fixait les visiteurs de toute la hauteur du mur. Ses doigts fins aux ongles effilés reposaient sur le bras du fauteuil. Un jeune homme au nez retroussé, des étoiles à quatre branches sur la poitrine, se pavanait en face sur une toile peinte à l'huile et regardait sa mère avec haine[2]. Tout autour de la mère et du fils, sur les toiles accrochées jusqu'aux moulures du plafond on voyait les regards des princesses et des princes Tougaï-Beg de la Horde entourés de leur parenté.

Chatoyant et lustré, noirci de craquelures, peint d'après la rumeur et d'incertaines légendes par la main appliquée d'un artiste du XVIIIᵉ siècle, dans la pénombre

---

1. Dandy aristocrate et oisif, héros du roman en vers de Pouchkine, *Eugène Onéguine*.
2. Le grand-duc Paul, que Catherine II tenta d'écarter du trône au profit de son petit-fils Alexandre.

d'une toile s'éteignant sous l'effet du temps, trônait, les yeux bridés, noir et rapace, coiffé d'un bonnet de fourrure ornée de pierreries multicolores, la poignée de son sabre sertie de pierres fines, le fondateur de la lignée – le khan Tougaï, chef de la Petite Horde[1].

Un demi-millénaire de Tougaï-Beg, cinq siècles d'une lignée illustre et hardie, au sang princier, sang des khans et des tsars, regardaient du haut de ces murs. Les toiles ternies de salissures déroulaient son histoire, marquée tantôt par la gloire militaire, tantôt par l'infamie, l'amour, la haine, le vice, la débauche...

Sur un piédestal se dressait le buste en bronze verdi de la vieille mère, les rubans de son bonnet de bronze noués sous le menton. Un monogramme ovale, pareil à un miroir de mort, était fiché sur sa poitrine. La bouche sèche s'était creusée, le nez s'était acéré. L'imagination inépuisable en matière de débauche, elle avait connu durant toute sa vie deux titres de gloire, une beauté aveuglante et une réputation de redoutable Messaline. C'est dans les brumes humides d'une cité du Nord illustre et terrible qu'elle avait rejoint la légende, choisissant en guise de premier amour un général déjà au crépuscule de sa vie – celui-là même, aux cheveux d'un blond pâle tirant sur l'ivoire, dont le portrait se trouvait à côté de celui d'Alexandre Ier dans le Cabinet. Des bras du général elle était passée à ceux de Tougaï-Beg père et avait enfanté le prince actuel. Restée veuve, elle avait défrayé la chronique pour s'être laissé baigner nue dans l'étang, attachée à un filin, par quatre beaux haïdouks...

1. Allusion au portrait peint par Gros du prince Nicolas Youssoupov en « costume tatare », et à l'ancêtre légendaire des Youssoupov : le khan Youssouf, chef suprême du clan mongol des Nogaï.

L'homme nu fendit le groupe et vint frapper de l'ongle sur le bonnet de bronze en disant :

– Vous avez là, camarades, une personnalité remarquable. Une célèbre débauchée de la première moitié du dix-neuvième siècle.

La dame au gros ventre s'empourpra, prit sa fille par la main et l'emmena vivement à l'écart.

– Il raconte Dieu sait quoi... Regarde, Vérotchka, les beaux portraits d'ancêtres...

– Elle a été la maîtresse de Nicolas la Trique[1], continuait l'homme nu en ajustant son pince-nez, certains écrivains bourgeois s'en sont même inspirés dans leurs romans. Quant à ce qu'elle fabriquait ici, dans son domaine, ça dépasse l'entendement. Il n'y a pas un seul gars bien balancé qu'elle n'ait honoré de ses attentions bienveillantes... Elle organisait de ces bacchanales...

La bouche d'Iona se tordit en une grimace douloureuse, ses yeux s'emplirent d'une humidité trouble et ses mains se mirent à trembler. Il voulut prononcer quelque chose, mais ne dit mot, se bornant à prendre deux profondes inspirations. Tous regardaient avec curiosité tour à tour l'homme nu omniscient et la vieille femme en bronze. La dame maquillée fit le tour du buste, et même l'imposant étranger qui ne comprenait pas le russe darda dans le dos de l'homme nu un regard pensant et fixe, comme s'il ne pouvait en détacher les yeux.

Ils traversèrent le cabinet du prince, avec ses espadons, ses lattes, ses sabres recourbés, ses cuirasses des gouverneurs militaires de l'Empire des tsars, ses casques

---

1. Le tsar Nicolas Ier. Son règne (1825-1855) est marqué par le respect des principes de l'absolutisme et l'instauration d'une discipline de fer, qui lui vaudra ce surnom.

18

de cavaliers de la garde[1], ses portraits des derniers empereurs, ses arquebuses, ses mousquets, ses épées, ses daguerréotypes et ses photographies jaunies représentant des groupes d'officiers du régiment des chevaliers gardes – où servaient les aînés des Tougaï-Beg – et du régiment des gardes à cheval – où servaient les cadets –, avec ses photographies des chevaux de course des écuries Tougaï-Beg et ses bibliothèques pleines de vieux et lourds volumes.

Ils traversèrent les fumoirs entièrement tendus de tapis de Turkménie, avec leurs narghilés, leurs divans, leurs collections de chibouques exposées sur des présentoirs, ils traversèrent les petits salons aux tapisseries vert pâle, aux vieilles lampes carcel. Ils passèrent dans le jardin d'hiver, où les branches des palmiers n'étaient toujours pas fanées, puis dans la salle de jeu verte, où les faïences et la porcelaine de Saxe, dans les vitrines, jetaient leurs reflets dorés et bleu pâle, et où Iona se mit à couler vers Dounka des regards inquiets. Là, dans la salle de jeu, paradait sur une toile un brillant officier en uniforme blanc, la main appuyée sur la poignée de son épée. La dame au gros ventre regarda le casque à étoile hexagonale, les manchettes des gants, les moustaches noires retroussées en pointes, et demanda à Iona :

– Et celui-là, qui est-ce ?

– Le dernier prince, répondit Iona en soupirant, Anton Ioanovitch, en uniforme de cavalier de la garde. Ils servaient tous dans les cavaliers de la garde.

– Et où est-il, à présent ? Il est mort ? s'enquit la dame avec respect.

– Mort ? Et pourquoi ça ?... Il est à l'étranger, mainte-

1. La garde impériale, corps d'élite prestigieux composé exclusivement de représentants de la noblesse héréditaire.

nant. Il est parti à l'étranger depuis le tout début...

Iona s'étrangla d'agacement à la pensée que l'homme nu allait encore s'en mêler pour sortir un petit quelque chose de son cru.

Et de fait, l'homme nu ouvrait déjà la bouche pour intervenir, quand une voix venant du groupe de jeunes gens jeta de nouveau :

– Laisse tomber, Sémion... C'est un vieux...

L'homme nu resta coi.

– Comment ? Il est vivant ? s'exclama la dame. Mais c'est merveilleux !... Est-ce qu'il a des enfants ?

– Non, il n'y a pas d'enfants, répondit Iona avec tristesse, le Seigneur n'a pas voulu... Eh oui. Le frère cadet, Pavel Ioanovitch, il a été tué à la guerre... Celle avec les Allemands... Il était dans... dans les grenadiers à cheval. Il était pas d'ici, lui. Il avait un domaine dans la province de Samara.

– Quelle classe, ce petit vieux... chuchota quelqu'un avec admiration.

– Bon pour le musée, oui, grommela l'homme nu.

Ils arrivèrent à la chambre en forme de tente pyramidale. La soie rose partait en étoile du plafond et retombait en vagues le long des murs, un tapis rose étouffait le moindre bruit. Dans l'alcôve de tulle rose se trouvait un grand lit en bois sculpté. On eût dit que la nuit dernière encore, deux corps y avaient dormi. Tout, dans la chambre, semblait habité : le miroir dans son cadre de feuillage argenté, l'album dans sa reliure d'ivoire, et posé sur un chevalet, le portrait de la dernière princesse – une princesse toute jeune, toute vêtue de rose. Les flacons de cristal taillé, les photographies dans leurs cadres clairs, le coussin abandonné avaient l'air vivants... Cela faisait bien trois cents fois qu'Iona introduisait des visiteurs dans la chambre à coucher des

20

Tougaï-Beg, et à chaque reprise, cela lui faisait mal, il y voyait comme une offense; son cœur se serrait lorsque la kyrielle des pieds étrangers passait sur le tapis, lorsque des yeux étrangers, indifférents, fureteurs, s'attardaient sur le lit. Une honte. Mais aujourd'hui, il se sentait oppressé plus encore qu'à l'ordinaire, à cause de la présence de l'homme nu, bien sûr, et aussi pour une raison obscure, qu'il n'arrivait pas à définir... Aussi soupira-t-il de soulagement quand la visite fut achevée. Il reconduisit les visiteurs indésirables par la salle de billard vers le corridor, et de là, par le deuxième escalier Est, à la terrasse latérale, où il les mit dehors.

Le vieil homme vit de ses propres yeux la troupe bruyante des visiteurs franchir la lourde grille, que Dounka ferma ensuite à clef.

Le soir arriva, avec son cortège de bruits familiers. Quelque part près d'Orechnev, les bergers firent entendre leurs pipeaux, par-delà les étangs tintaient de fines clochettes : on rentrait les vaches. A la nuit tombante retentit à plusieurs reprises un grondement lointain venant des classes de tir de l'Armée Rouge.

Iona cheminait lentement sur le gravier, les clefs cliquetant à sa ceinture. Chaque fois, après le départ des visiteurs, le vieil homme retournait dans le palais, en faisait soigneusement le tour, seul, se parlant à lui-même et regardant attentivement les objets. Après quoi, apaisé, il pouvait penser au repos. Alors, jusqu'au crépuscule, il restait assis sur le perron de la petite maison de gardien, fumant et songeant à mille et une choses de vieux.

La soirée s'y prêtait particulièrement, claire et chaude, mais comme un fait exprès, Iona n'avait pas l'âme en paix. Sans doute était-il encore tout agité par la visite de l'homme nu. Grommelant des mots inaudibles, il parvint à la terrasse, lança un regard sombre alentour, fit grincer sa clef et entra. Le tapis crissa doucement sous ses pieds lorsqu'il gravit à pas traînants les marches de l'escalier.

A l'étage, devant l'entrée de la salle de bal, il s'arrêta et blêmit.

Des pas résonnaient dans le palais. On les entendit d'abord du côté de la salle de billard, puis dans le jardin d'hiver, après quoi ils s'évanouirent. Le vieillard sentit un instant son cœur s'arrêter de battre, il crut qu'il allait mourir. Puis les battements reprirent à toute allure, s'intercalant dans le rythme des pas. Aucun doute possible, quelqu'un se dirigeait vers Iona, à pas fermes, et les craquements du parquet se faisaient déjà entendre dans le Cabinet.

« Malédiction! Des voleurs! pensa en un éclair le vieillard. Le voilà, le présage, c'est ça que je pressentais... Malédiction! » Iona soupira convulsivement, jeta un regard terrifié autour de lui, ne sachant que faire, où aller, qui appeler. Malédiction...

Dans la porte de la salle de bal surgit un manteau gris, et l'étranger aux lunettes cerclées d'or apparut. Apercevant Iona, il tressaillit, effrayé, fit même mine de reculer, mais se reprit aussitôt et se borna, l'air inquiet, à faire un geste menaçant du doigt.

– Mais qu'est-ce que vous faites là! Monsieur! commença Iona saisi d'effroi. Ses mains et ses jambes étaient secouées de brefs tremblements. C'est interdit. Comment êtes-vous resté? Seigneur Dieu...

Le souffle lui manqua, et il se tut.

L'étranger regarda attentivement Iona dans les yeux, puis, se rapprochant, dit à voix basse, en russe :

– Iona, calme-toi, voyons! Tais-toi donc un peu. Tu es seul?

– Ou... oui, proféra Iona, reprenant son souffle. Sainte Mère de Dieu! Mais qu'est-ce que vous faites!

L'étranger jeta un coup d'œil inquiet autour de lui, puis regarda par-dessus la tête du vieillard, en direction du vestibule, s'assura qu'il n'y avait personne, sortit sa main droite de sa poche arrière et dit à voix haute, cette fois, en grasseyant :

– Tu ne me reconnais pas, Iona? C'est mal, ça, c'est mal... Si même toi, à présent, tu ne me reconnais pas, c'est très mal.

Le son de sa voix terrassa Iona, ses genoux faiblirent, ses mains se glacèrent, et le trousseau de clefs tomba par terre en cliquetant.

– Seigneur Jésus! Votre Honneur! Notre maître, Anton Ioanovitch! Mais qu'est-ce que c'est? Mais qu'est-ce qu'il se passe?

La salle se voila d'un brouillard de larmes où zigzaguaient en tous sens les lunettes cerclées d'or, les plombages dorés et les yeux familiers, bridés et étincelants. Iona sanglotait à s'étouffer, inondant les gants et la cravate du prince, la tête enfoncée dans sa barbe drue.

– Calme-toi, Iona, calme-toi, pour l'amour du ciel, bredouillait le prince, le visage crispé en une grimace compatissante et inquiète, calme-toi, on peut nous entendre...

– Notre... notre maître, chuchota convulsivement Iona, mais comment... comment vous avez fait pour venir? Comment? Il n'y a personne. Personne, rien que moi...

– Parfait. Prends les clefs, Iona, et allons là-bas, dans le Cabinet!

Le prince fit demi-tour et emprunta d'un pas décidé la galerie qui menait au Cabinet. Iona, hébété, tremblant, ramassa ses clefs et se traîna à sa suite. Le prince regarda autour de lui, ôta son chapeau gris duveteux, le jeta sur la table et dit :

– Prends ce fauteuil, Iona, et assieds-toi.

Puis, la joue parcourue d'un bref tremblement, il arracha du dossier d'un autre siège pourvu d'une tablette amovible pour la lecture l'inscription « Ne pas s'asseoir » et prit place en face d'Iona. La lampe sur la table ronde couina plaintivement lorsque le corps pesant s'enfonça dans le maroquin.

Dans la tête d'Iona tout s'embrouillait, les idées bondissaient de façon incohérente, comme des lapins hors d'un sac, dans toutes les directions.

– Mon Dieu! Comme tu t'es décrépit, Iona, comme tu as vieilli! commença le prince d'un ton ému. Mais je suis heureux de te voir encore de ce monde. A vrai dire, je ne pensais plus te revoir. Je pensais qu'ils t'avaient fait mourir, ici...

Bouleversé par la douceur du prince, Iona se mit à sangloter silencieusement en s'essuyant les yeux.

– Allons, allons, cesse donc...

– Comment... comment vous avez fait pour venir, notre maître? demanda-t-il, reniflant dans ses larmes. Et comment j'ai pu ne pas vous reconnaître, vieille bête que je suis! Mes yeux ne voient plus grand-chose... Mais comment vous avez fait pour revenir, notre maître? Les lunettes, c'est ça, les lunettes surtout, et puis la barbe... Et par où vous avez bien pu rentrer, que je ne m'en suis pas aperçu?

Tougaï-Beg sortit une clef de la poche de son gilet et la montra à Iona.

– Par la petite véranda qui donne sur le parc, mon ami! Lorsque toute cette racaille est partie, je suis revenu. Quant aux lunettes – le prince les ôta – je les ai mises une fois arrivé ici, à la frontière. Ce sont des verres ordinaires.

– Et la petite princesse, mon Dieu! Elle est avec vous, la petite princesse?

Le visage du prince, brusquement vieillit.

– La princesse est morte. Elle est morte l'année dernière, répondit-il, les lèvres tremblantes. Elle est morte à Paris, d'une pneumonie. Elle n'aura pas revu son nid natal, mais elle y pensait tout le temps. Constamment. Elle m'avait bien ordonné de t'embrasser si je te revoyais un jour. Car elle croyait fermement que nous nous reverrions. Elle priait Dieu sans cesse. Et tu vois, Dieu l'a exaucée.

Le prince se souleva, étreignit Iona et embrassa sa joue mouillée. Iona, redoublant de larmes, se signait éperdument vers les bibliothèques, vers Alexandre Ier, vers la fenêtre tout au fond de laquelle fondait le soleil couchant.

– Paix à son âme, paix à son âme, bredouilla-t-il d'une voix chevrotante, je ferai dire une messe à Orechnev pour le repos de son âme.

Le prince se retourna, l'air inquiet – il lui semblait avoir entendu le parquet craquer quelque part.

– Il n'y a personne?

– Personne, mon prince, ne vous en faites pas, il n'y a que nous. Qui donc pourrait bien venir, à part moi?

– Bien. Alors écoute-moi, Iona. J'ai peu de temps. Venons-en au fait.

De nouveau, les pensées d'Iona firent un bond. C'était donc vrai? Il était là. Vivant! Et ici... Ses paysans, mon Dieu, ses paysans!... Et sa terre?

– Au vrai, Votre Honneur – il regarda le prince d'un air implorant – qu'est-ce qu'on va faire, maintenant? Et la maison? Est-ce qu'ils vont vous la rendre?...

A ces mots, le prince s'esclaffa en un rictus qui découvrit ses dents d'un seul côté – sur la droite.

– Me la rendre? Voyons, mon cher, tu n'y es pas!

Le prince sortit un lourd étui jaune, alluma une cigarette et continua :

– Non, mon petit Iona, ils ne me rendront rien... Tu sembles avoir oublié ce qui s'est passé... Mais là n'est pas l'essentiel. N'oublie pas : je ne suis venu que pour un instant, et en secret. Tu n'as absolument pas à t'inquiéter, personne n'en saura rien. Ne t'en fais pas. Je suis venu... – le prince regarda les bois qui s'éteignaient au soleil couchant – d'abord, pour voir un peu ce qui se passait ici. J'avais quelques informations : on m'avait écrit que le palais était intact, qu'on le conservait en tant que patrimoine populaire... Po-pulaire... (sa bouche se referma à droite et un rictus découvrit ses dents sur le côté gauche). Populaire? Eh bien soit, va pour le populaire, qu'ils aillent au diable. C'est égal. Pourvu qu'il reste intact. C'est peut-être même mieux ainsi... Mais voici ce qui m'amène. J'ai laissé ici des papiers importants, qu'il me faut récupérer coûte que coûte. Des papiers qui concernent les domaines de Samara et de Penza. Et aussi Pavel Ivanovitch. Dis-moi, mon cabinet de travail a-t-il été pillé, ou bien est-il resté intact? demanda le prince, indiquant d'un hochement de tête inquiet la portière de séparation.

Les engrenages rouillés du cerveau d'Iona se mirent à grincer. Devant ses yeux surgit Alexandre Ertous, personnage instruit portant les mêmes lunettes que le prince. Un homme sévère et important... Le savant Ertous arrivait chaque dimanche de Moscou, parcourait le palais en faisant crisser ses bottines jaunes, donnait l'ordre de veiller sur tout et restait des heures durant, sous une montagne de livres, de manuscrits et de lettres, dans le cabinet de travail où Iona venait lui porter un thé trouble. Ertous mangeait des sandwiches au jambon et faisait gratter sa plume. Parfois, il questionnait Iona sur l'ancienne vie et notait les réponses en souriant.

— Le cabinet est intact, bredouilla Iona, mais le malheur, Votre Honneur, c'est qu'il est sous scellés. Sous scellés, Votre Honneur.

— Sous scellés ? Et sur l'ordre de qui ?

— Sur l'ordre d'Ertous, Alexandre Abramovitch, du comité...

— Ertous ? répéta Tougaï en grasseyant. Et pourquoi Ertous plutôt qu'un autre ? Pourquoi est-ce lui qui scelle mon cabinet ?

— Il est du comité, Votre Honneur, répondit Iona d'un air coupable, du comité de Moscou. C'est lui qui supervise, voyez-vous. Ici, Votre Honneur, il y aura une bibliothèque, en bas, ce sera pour instruire les paysans. Et lui, il organise la bibliothèque.

— Ah ! c'est donc ça ! une bibliothèque – le prince eut une grimace qui découvrit ses dents – eh bien, j'en suis ravi, vraiment. J'espère qu'il y aura assez de livres ? Dommage, si j'avais su, j'en aurais envoyé de Paris. Mais il y en aura suffisamment, n'est-ce pas ?

— Pour sûr, Votre Honneur, souffla Iona d'une voix étranglée, complètement désemparé, des livres, il y en a en veux-tu en voilà...

Un froid glacial lui parcourut le dos lorsqu'il vit le visage du prince.

Tougaï-Beg se recroquevilla dans son fauteuil, se gratta le menton de ses ongles, puis enserra sa barbiche dans son poing, faisant ainsi apparaître une ressemblance frappante avec le portrait aux yeux bridés coiffés d'un bonnet de fourrure. Son regard se voila de cendres funèbres.

– Alors, ça suffira? Parfait. Ton Ertous, à ce que je vois, est un homme instruit et plein de talent. Il organise des bibliothèques, il travaille dans mon cabinet. Mmouais... Et sais-tu, Iona, ce qui arrivera quand Ertous aura organisé sa bibliothèque?

Iona se taisait et regardait de tous ses yeux.

– Eh bien, cet Ertous, je le pendrai à ce tilleul, là-bas – le prince leva sa main blanche en direction de la fenêtre –, celui qui est près des grilles. (Iona suivit la main d'un regard triste et résigné.) Non, à droite, près du grillage. Et note bien, un jour sur deux il restera pendu face à la route, pour que les paysans puissent admirer ce faiseur de bibliothèques, et un jour sur deux face au palais, pour qu'il admire lui-même son œuvre. Je le ferai, Iona, je t'en fais le serment, et quoi qu'il puisse m'en coûter. Le moment viendra, Iona, sois-en sûr, peut-être même bien avant que tu ne penses. Quant aux relations qu'il me faudra avoir pour obtenir la tête d'Ertous, je n'en manquerai pas, sois tranquille...

Iona soupira convulsivement.

– Et juste à côté de lui, sais-tu qui on installera? continua le prince d'une voix rauque. L'homme nu. Cet Antonov Sémion. Sémion Antonov – il leva les yeux, gravant le nom dans sa mémoire. J'en donne ma parole, j'irai le chercher jusqu'au fond des mers, le camarade Antonov, si toutefois il ne crève pas d'ici là, ou s'il n'est pas pendu en bonne et due forme sur la place Rouge. Et même dans ce cas, je le rependrai un jour ou deux chez moi. Antonov Sémion a déjà profité de l'hospitalité du domaine des khans, il s'est promené, nu et en pince-nez, dans le palais – Tougaï avala sa salive, faisant ainsi saillir, telles des bosses, ses pommettes tatares –, eh bien, ma foi, nous le recevrons une fois encore, et tout nu de nouveau. S'il me tombe vivant entre les mains, oh! Iona,

28

je n'envie pas le sort d'Antonov Sémion. Il pendra au bout d'un arbre non seulement sans ses pantalons, mais aussi sans sa peau. Iona! Tu as entendu ce qu'il a dit de la princesse, ma mère? Tu as entendu?

Iona soupira amèrement et se détourna.

– Tu es un serviteur fidèle, et tant que je vivrai, jamais je n'oublierai la façon dont tu as parlé à l'homme nu. Tu ne te demandes pas maintenant comment j'ai bien pu ne pas le tuer sur-le-champ? Non? Tu me connais depuis de longues années, pourtant? (Tougaï extirpa de la poche de son manteau une crosse brillante marquée de stries; une écume blanchâtre apparut nettement à la commissure de ses lèvres, sa voix se fit grêle et sifflante.) Mais voilà, je ne l'ai pas tué! Je ne l'ai pas tué, Iona, parce que je me suis retenu à temps. Et ce qu'il m'en a coûté, moi seul puis le savoir. Je ne pouvais pas le tuer, Iona. C'eût été une faiblesse malheureuse, on m'aurait saisi et je n'aurais pu mener à bien ce pour quoi je suis venu. Mais nous ferons davantage, Iona, nous ferons mieux... Le prince marmonna quelque chose en lui-même et se tut.

Iona restait assis, l'esprit embrumé. Les paroles du prince faisaient courir en lui un petit froid, comme s'il avait avalé de la menthe. Sa tête ne contenait plus que des débris épars de pensées. Le crépuscule avait envahi la pièce. Tougaï renfonça la crosse dans sa poche en grimaçant, puis il se leva et jeta un coup d'œil à sa montre.

– Mais il se fait tard, Iona. Le temps presse. Cette nuit, je dois être parti. Prenons donc nos dispositions. Tout d'abord, tiens, prends ça – un portefeuille surgit entre les mains du prince –, prends, Iona, prends, ami fidèle! Je ne peux te donner davantage, je suis moi-même un peu à court.

– Pour rien au monde, protesta Iona d'une voix enrouée en agitant les mains.

— Prends! ordonna sévèrement le prince en fourrant d'autorité les billets blancs dans la poche de la vareuse du vieillard. Iona étouffa un sanglot. Mais garde-toi de les changer ici, sinon tu aurais des ennuis, ils voudront savoir d'où ça vient. Bien, et maintenant, venons-en à l'essentiel. Permets-moi, Iona Vassiliévitch, de rester dans le palais jusqu'à l'heure du train. Je dois partir à Moscou à deux heures du matin. D'ici là, j'aurai le temps de rechercher quelques papiers dans le cabinet.

— Mais les scellés, notre maître, les scellés, commença plaintivement Iona.

Tougaï s'approcha de la porte, écarta la portière et fit sauter d'un coup la ficelle et le cachet de cire. Iona étouffa un cri.

— Bagatelles que tout cela! dit le prince. Surtout, n'aie aucune crainte. N'aie crainte, mon ami, je t'en donne ma parole, je ferai en sorte que tu n'aies à répondre de rien. Tu crois en ma parole? Là, tu vois...

Minuit approchait. Dans la maison du gardien Iona fut gagné par le sommeil. Dans le pavillon, Tatiana Mikhaïlovna, épuisée, et la chatte Moumka dormaient. Le palais était blanc, baigné de lune, aveugle, muet ...
Dans le cabinet de travail aux rideaux noirs hermétiquement clos, une lampe à pétrole brûlait sur le pupitre ouvert, éclairant doucement d'une lumière vert pâle les monceaux de papiers jonchant le sol, les fauteuils et le drap rouge du bureau. A côté, dans le grand cabinet aux doubles rideaux tirés, les bougies de stéarine achevaient de se consumer dans leurs candélabres. Sur les rayonnages des bibliothèques les reliures scintillaient de temps à

autre en délicates étincelles, et sur le mur Alexandre Ier se ranimait, souriant avec douceur sous sa calvitie.

Face au pupitre, dans le cabinet de travail, était assis un homme en tenue civile, coiffé du casque des chevaliers gardes. L'aigle s'élançait victorieusement au-dessus du métal terni frappé d'une étoile. Devant l'homme, par-dessus un monceau de papiers, s'étalait un épais cahier recouvert de toile cirée. La première page portait en haut une inscription tracée d'une écriture fine et soignée :

Alex. Ertous
Histoire de la Horde des khans
et plus bas :
1922-1923

Tougaï, les joues appuyées sur ses poings, les yeux troubles, fixait inlassablement les lignes noires. Le silence s'étendait, si profond que le prince pouvait entendre, dans son gilet, les minutes s'égrener inexorablement à sa montre. Il resta ainsi immobile pendant vingt minutes, puis trente.

A travers les rideaux parvint soudain un long cri plaintif. Le prince sortit de son immobilité et se leva, repoussant bruyamment le fauteuil.

– Pff... maudit cabot, grommela-t-il, puis il entra dans le cabinet d'apparat. Dans la vitre ternie de la bibliothèque, un chevalier garde aux contours flous et à la tête étincelante vint à sa rencontre. Tougaï se rapprocha du vitrage, l'examina avec attention, blêmit et eut un ricanement douloureux.

– Vraiment, murmura-t-il, c'est à devenir fou.

Il ôta le casque, se frotta la tempe, réfléchit en regardant le vitrage, puis jeta brusquement le casque à terre, avec une telle violence qu'un grondement de tonnerre parcourut les pièces, faisant tinter plaintivement les vitres des bibliothèques. Alors Tougaï se voûta, expédia d'un coup de pied le casque dans un coin de la pièce et se mit à arpenter le tapis devant la fenêtre, dans un sens puis dans l'autre. Dans sa solitude, livré selon toute apparence à des pensées capitales et alarmantes, il s'amollit, vieillit.

– Ce n'est pas possible. Non... non... non... marmonnait-il en se mordillant les lèvres.

Le parquet craquait sous ses pas, et la flamme des bougies se couchait et ondoyait. Dans les vitres des bibliothèques naissaient et disparaissaient d'instables personnages grisonnants. Faisant un brusque demi-tour, Tougaï s'approcha du mur et se mit à le scruter. Sur une photographie de forme allongée, groupés en un amphithéâtre serré, figés, comme immortalisés, se tenaient des personnages à la tête surmontée d'un aigle. Manchettes blanches des gants, poignées des lattes... Au centre de l'immense groupe était assis un homme à la mine peu imposante, portant barbichette et moustache, l'air d'un médecin-colonel. Mais les cavaliers de la garde, assis ou debout, la tête entièrement tournée de côté, avaient les yeux comme rivés au petit homme enseveli sous son casque[1].

Il écrasait de sa majesté les blancs cavaliers de la garde, le petit homme dont une plaque de bronze, impressionnante elle aussi, rappelait la mémoire. Chaque mot y commençait par une lettre capitale. Tougaï regarda longuement sa propre image, assise à deux cavaliers du petit homme.

1. Le tsar Nicolas II (1868-1918), chef nominal (comme ses prédécesseurs) de plusieurs régiments de la garde.

32

– Non, ce n'est pas possible, prononça-t-il à voix haute, puis il balaya du regard l'immense pièce, comme prenant d'innombrables interlocuteurs à témoin. C'est un rêve. (Il murmura de nouveau quelques mots inaudibles et continua de façon décousue :) De deux choses l'une, ou tout cela est mort, et lui... lui... là... il est vivant... ou bien c'est moi qui... C'est à n'y rien comprendre...

Tougaï se passa la main dans les cheveux, se retourna, aperçut une silhouette se dirigeant vers la bibliothèque, pensa involontairement : « Je vieillis », puis se remit à marmonner : – Ils ont piétiné mon sang et tout ce qui était ma vie, comme si j'étais mort. Peut-être suis-je réellement mort ? Peut-être ne suis-je qu'une ombre ? Pourtant, je vis – Tougaï regarda Alexandre Ier d'un air interrogateur –, je sens, je ressens tout. Je ressens nettement la douleur, mais plus encore la fureur – Tougaï crut voir l'homme nu passer dans la salle sombre, le froid de la haine glaça ses articulations. Je regrette de ne pas l'avoir tué. Je le regrette. La fureur montait en lui, il avait la bouche sèche.

Il fit demi-tour et se remit à arpenter la pièce, scrutant à chaque aller et retour le groupe suspendu au trumeau. Un quart d'heure environ s'écoula. Soudain, Tougaï s'arrêta, se passa la main dans les cheveux, puis la porta à sa poche et appuya sur le répétiteur de sa montre. Douze coups retentirent doucement, mystérieusement, puis après une pause, on entendit sur un autre ton tinter le quart, et enfin trois minutes.

– Oh! Mon Dieu, chuchota Tougaï en se hâtant.

Il regarda autour de lui et remit tout d'abord ses lunettes, qu'il avait posées sur la table. A présent, elles modifiaient peu l'aspect du prince. Ses yeux bridés, pareils à ceux du khan sur la toile, laissaient paraître la faible lueur d'une pensée désespérée qui venait de mûrir. Tougaï remit son manteau et son chapeau, retourna dans le cabinet de travail, prit une liasse de documents et de parchemins couverts de sceaux qu'il avait soigneusement mise de côté sur un fauteuil, la plia à grand-peine et parvint à l'enfoncer dans la poche de son manteau. Ensuite il s'assit devant le pupitre; la joue parcourue d'un tremblement, il jeta un dernier regard sur les monceaux de papiers, puis, louchant d'un air résolu, se mit au travail. Retroussant les larges manches de son manteau, il commença par prendre le manuscrit d'Ertous, en parcourut encore une fois la première page. Avec un rictus qui découvrit ses dents, il tira d'un coup sec... et, dans un crissement, se cassa un ongle.

– Nom de...! grogna-t-il d'une voix rauque.

Il reprit son travail avec plus d'application. Arrachant les feuilles par petits paquets, peu à peu il mit tout le cahier en miettes. Il rassembla les papiers amoncelés sur le pupitre et le fauteuil, en ramena d'autres des bibliothèques, par brassées. Il décrocha du mur le petit portrait d'une dame élisabéthaine, d'un coup de pied en fendit le cadre et déposa les morceaux sur le tas de papiers recouvrant le pupitre; cramoisi sous l'effort, il repoussa le tout dans un coin de la pièce, sous le portrait. Il décrocha la lampe, l'emporta dans le cabinet d'apparat, en revint avec un candélabre et avec soin, en trois endroits différents, mit le feu au tas de papiers. Des fumerolles s'élevèrent, les flammes commencèrent à s'enrouler dans les papiers, et le cabinet se ranima soudain avec gaieté, éclairé d'une lumière inégale. Cinq minutes plus tard, une épaisse fumée remplissait la pièce.

Ayant refermé la porte et tiré la portière, Tougaï s'activait dans le cabinet voisin. Les flammes crépitaient, léchant le portrait éventré d'Alexandre Ier dont la tête chauve souriait perfidement dans la fumée. Les volumes défaits brûlaient debout sur le bureau, le drap se consumait. Un peu en retrait, assis dans un fauteuil, le prince regardait. Ses yeux étaient à présent emplis de larmes, à cause de la fumée, et laissaient transparaître une joie insensée. Il murmura de nouveau :

– Rien ne reviendra plus. Tout est fini. A quoi bon se mentir... Eh bien, nous emporterons tout cela avec nous, mon cher Ertous.

... Le prince rebroussait chemin lentement, de pièce en pièce, et les fumées grisâtres se faufilaient à sa suite. La salle de bal brûlait, étincelante de lumières, les ombres vacillantes des flammes se projetaient sur les rideaux.

Dans la chambre rose, le prince dévissa le brûleur de la lampe à pétrole et vida le réservoir sur le lit; la tache s'étendit et se mit à goutter sur le tapis. Tougaï jeta le brûleur sur la tache. D'abord, il ne se passa rien : une petite flamme se rida et disparut. Mais elle resurgit, prit une inspiration et jaillit si violemment que Tougaï eut à peine le temps de reculer d'un bond. La courtine s'embrasa en une minute, et d'un seul coup, la chambre s'éclaira triomphalement jusqu'au dernier grain de poussière.

– A présent, c'en est fait, dit Tougaï.

Il traversa rapidement le jardin d'hiver et la salle de billard, franchit le corridor sombre, descendit bruyamment l'escalier en vis et se retrouva dans le rez-de-chaussée obscur, surgit telle une ombre devant la porte baignée de lune qui donnait sur la terrasse Est, l'ouvrit et sortit dans le parc. Pour ne pas entendre le premier cri d'Iona dans la maison de gardien et le hurlement de César, il enfonça la tête dans les épaules et, par les sentiers secrets non oubliés, se fondit dans la nuit...

J'AI TUÉ

Février 1919. La guerre civile fait rage en Ukraine. Le docteur Iachvine, enrôlé malgré lui dans une armée qu'il abhorre – les forces nationalistes de Pétlioura, connues pour leurs violences, leurs exactions, leur antisémitisme – se voit contraint de passer à son tour à l'action. Dans cette nouvelle écrite en 1926, deux ans après La Garde blanche, *Boulgakov prolonge sa réflexion sur les bouleversements de la guerre civile , en y mêlant, comme dans le roman, une grande part d'éléments personnels : le « dandysme » d'Iachvine, son goût pour l'opéra ou ses dons de conteur sont à l'évidence ceux de l'écrivain lui-même (qui fut lui aussi, semble-t-il, mobilisé dans l'armée de Pétlioura en février 1919). Le thème central du récit – le « passage à l'acte » d'un intellectuel confronté à l'intolérable – illustre à sa manière l'une des préoccupations majeures de l'œuvre de Boulgakov.*

Le docteur Iachvine eut un étrange petit sourire en coin et demanda :

– Je peux arracher la page du calendrier? Il est tout juste minuit, ce qui veut dire que nous sommes à présent le 2.

– Je vous en prie, faites donc, répondis-je.

De ses doigts blancs et fins, Iachvine saisit la page supérieure par son extrémité et la détacha soigneusement. Un feuillet en papier bon marché apparut, portant le chiffre « 2 » et le mot « mardi ». Un simple feuillet grisâtre, mais sur lequel quelque chose parut intéresser Iachvine au plus haut point. Il plissa les yeux, l'examina attentivement, puis releva la tête et se mit à fixer on ne sait quoi au loin, comme un mystérieux tableau que lui seul pouvait voir par-delà le mur de ma chambre – par-delà même, peut-être, la brume glaciale et menaçante enveloppant Moscou en cette nuit de février.

« Qu'a-t-il bien pu dénicher sur cette page? » me demandai-je en jetant vers lui un regard oblique. Le docteur Iachvine m'avait toujours intrigué. Son aspect extérieur ne correspondait pas vraiment avec sa profession. Les gens qui ne le connaissaient pas le prenaient immanquablement pour un acteur. Malgré ses cheveux bruns, il avait la peau très blanche, ce qui l'embellissait tout en le distinguant du commun des visages. Il était rasé de très près, s'habillait avec beaucoup de soin, adorait aller au théâtre et abordait toujours le sujet avec un goût sûr et une grande érudition. Mais c'est d'abord par ses chaussures qu'il tranchait sur tous les autres internes. Et de fait, sur les cinq médecins (y compris moi-même) réunis aujourd'hui chez moi, quatre étaient chaussés de bottillons en box-calf bon marché, au bout naïvement arrondi, alors que le docteur Iachvine portait des souliers vernis à bout pointu et des guêtres jaunes. Pourtant, l'élégance recherchée d'Iachvine ne produisait jamais une impression vraiment désagréable. Et Iachvine était aussi, je dois en convenir, un très bon médecin. Audacieux, habile, et surtout, prenant le temps de lire (malgré sa fréquentation assidue des *Walkyries* et du *Barbier de Séville*) tout ce qui paraissait en la matière.

Mais ce qui m'intriguait en lui – davantage que ses souliers, bien sûr –, c'était un trait de caractère inhabituel. Le docteur Iachvine, d'ordinaire plutôt silencieux et à l'évidence assez secret, se transformait parfois en un merveilleux conteur. Il parlait posément, sans rechercher l'effet, sans longueurs inutiles, sans ponctuer son discours de heu! heu! béotiens. Et il avait toujours quelque chose d'intéressant à raconter. Ce médecin réservé aux allures de dandy semblait alors s'enflammer; levant de temps à autre sa main blanche, il faisait quelques gestes brefs et harmonieux, comme pour poser de légers jalons à son récit, ne souriait jamais lorsqu'il racontait quelque chose de drôle, et avait parfois des images si justes et si expressives qu'à l'écouter, je pensais toujours : « Un bon praticien, certes, et pourtant sa vraie voie, ce n'est pas la médecine, mais la littérature... »

Cette fois encore, la même pensée me traversa l'esprit. Iachvine, pourtant, ne disait mot : plissant les yeux, il se bornait à fixer le chiffre « 2 », absorbé dans la contemplation de quelque inconnu lointain.

« Mais que regarde-t-il donc? L'illustration, peut-être... » Je jetai un coup d'œil par-dessus son épaule. L'image sur le calendrier était des plus banales : un cheval incongru au poitrail athlétique d'un côté, un moteur de l'autre; et au-dessous, une légende : « Valeur relative du cheval (1) et du moteur (500 chevaux-vapeur). »

– Tout ceci est absurde, dis-je en reprenant la discussion, c'est d'une trivialité sordide. On tape à bras raccourcis sur les médecins – et tout particulièrement sur nous autres, chirurgiens. Mais pensez un peu : vous opérez avec succès une centaine d'appendicites et à la cent unième fois, le malade vous claque entre les mains sur la table d'opération. Cela signifie-t-il pour autant que vous l'avez tué?

– C'est en tout cas ce que l'on s'empressera de dire, affirma le docteur Guins.

– Et le mari de l'opérée – s'il s'agit d'une femme – viendra à la clinique vous balancer quelque chaise à la figure, assura à son tour le docteur Plonski en esquissant même un sourire.

Tout le monde l'imita, bien qu'il n'y eût rien de vraiment comique dans le fait de se balancer des chaises à la figure dans une clinique. Je continuai :

– Je ne puis souffrir que l'on se batte hypocritement la coulpe : « Ah! mon Dieu! Je l'ai tué!... » Personne ne tue qui que ce soit, et si un malade meurt entre nos mains, on ne peut s'en prendre qu'à un hasard malheureux.

41

C'est ahurissant, tout de même! Comme si l'assassinat était le propre de notre profession! J'appelle assassinat l'action consistant à tuer un être humain avec préméditation, ou tout du moins avec l'intention délibérée de tuer. Un chirurgien armé d'un revolver, par exemple. Mais je n'ai pas encore eu l'occasion d'en rencontrer un à ce jour et il est peu probable que cela se produise jamais.

Le docteur Iachvine se tourna brusquement vers moi, et je remarquai que son regard se faisait soudain pesant :

– A votre disposition, fit-il en pointant du doigt sur sa cravate et en esquissant à nouveau un petit sourire oblique, mais du coin des lèvres seulement, sans les yeux.

Nous le considérions avec étonnement.

– Comment cela? demandai-je.

– J'ai tué, précisa-t-il.

– Quand cela? repris-je de façon saugrenue.

Iachvine indiqua le chiffre « 2 » et répondit :

– Pensez un peu, quelle coïncidence. Dès que vous avez commencé à parler de la mort, j'ai regardé le calendrier, et j'ai vu que nous étions le 2. Du reste, chaque année cette nuit-là me revient en mémoire. Voyez-vous, il y a de cela sept ans nuit pour nuit, et même... Iachvine sortit une montre noire, la regarda... oui, presque heure pour heure, dans la nuit du 1er au 2 février, je l'ai tué.

– Qui cela? Un patient? demanda Guins.

– Oui, un patient.

– Mais non sciemment? fis-je.

– Si, de façon délibérée, répondit Iachvine.

– J'y suis, prononça entre ses dents Plonski d'un air sceptique. Il avait sans doute un cancer. Avec une fin atroce en perspective. Alors vous lui avez injecté une dose massive de morphine...

– Non, la morphine n'a rien à voir là-dedans, répliqua Iachvine, pas plus que le cancer... Je m'en souviens parfaitement. Il gelait à près de moins quinze, le ciel était plein d'étoiles... Des étoiles comme il n'y en a qu'en Ukraine. Cela fait sept ans que je vis à Moscou, mais j'ai toujours le mal du pays. Parfois j'en ai le cœur serré, et il me prend une envie terrible de sauter dans un train et de retourner là-bas... Revoir les escarpements du fleuve ensevelis sous la neige... Le Dniepr... il n'est pas au monde de ville plus belle que Kiev.

Iachvine serra la page du calendrier de son portefeuille, se recroquevilla dans son fauteuil et poursuivit :

– Une ville redoutable en des jours redoutables... et j'y ai vu des choses terrifiantes. Des choses dont vous autres, Moscovites, n'avez pas même idée. C'était en 19, le 1er février justement. Il faisait déjà presque nuit, il devait être vers les 6 heures. Le crépuscule m'avait surpris dans une occupation étrange... Sur la table de mon cabinet une lampe est allumée, il fait bon, il fait chaud; je suis assis par terre devant une petite valise et je fourre là-dedans tout un bric-à-brac, en marmonnant sans arrêt le même mot :

– Fuir, fuir...

J'enfourne une chemise, puis je l'enlève. La chemise ne tient pas, la valise est minuscule, une toute petite valise à main où mes caleçons occupent déjà presque toute la place; et puis il y a encore une centaine de cigarettes, le stéthoscope. La valise est pleine à craquer. Je laisse tomber la chemise, je tends l'oreille. Les doubles vitrages calfeutrés assourdissent le bruit du dehors, mais on entend... Tout là-bas, au loin, un grondement pesant, toujours le même... Bououm... bououm... L'artillerie lourde. Une salve, puis plus rien. Je jette un coup d'œil par la fenêtre – j'habitais sur un escarpement, en haut de la rue Alexéievski, et de là je pouvais voir tout le Podol[1]... La nuit monte du Dniepr, enveloppant les maisons; les lumières s'allument les unes après les autres, à la file... Et de nouveau, une salve par-delà le Dniepr, que je ponctue à chaque fois d'un : « Allez, allez-y, encore! » prononcé à mi-voix.

La situation était la suivante : tout le monde savait que Pétlioura était sur le point d'abandonner la ville. Sinon cette nuit, la nuit prochaine ou la suivante. De l'autre côté du Dniepr les bolcheviks – en masses énormes, disait la rumeur – avançaient, et toute la ville, il faut en convenir, les attendait avec impatience, je dirais même avec enthousiasme. Les horreurs auxquelles l'armée de Pétlioura s'était livrée durant le dernier mois de son séjour à Kiev dépassait toute imagination. Des pogromes éclataient à chaque instant, on tuait quotidiennement – des juifs de préférence, cela va de soi. Il y eut des réquisitions, dans les rues filaient des automobiles remplies de gens en bonnet caucasien à gland rouge, et les derniers temps, le canon, au loin, tonnait sans relâche. Jour et nuit. Tout le monde vivait dans une sorte d'attente anxieuse, les regards étaient inquiets, sur le qui-vive. La veille, j'avais trouvé deux cadavres gisant dans la neige sous ma fenêtre. L'un en capote grise, l'autre en blouse noire, et tous deux sans leurs bottes. Les gens tantôt s'écartaient, tantôt s'agglutinaient pour regarder, des femmes tête nue surgissaient des portes cochères et levaient un poing menaçant vers le ciel :

1. Le podol, ou « ville au pied de la montagne », est, à Kiev, l'ancien quartier commerçant situé au bord du Dniepr.

– Attendez un peu, attendez qu'ils arrivent, les bolcheviks, criaient-elles.

Ces deux-là, tués on ne savait pourquoi, inspiraient l'horreur et la pitié. Tant et si bien que je me mis moi aussi à attendre l'arrivée des bolcheviks. Et les bolcheviks approchaient... Les lumières s'éteignent dans le lointain, et le canon gronde là-bas comme dans les entrailles de la terre.

Ainsi donc...

Ainsi donc, la lampe dispense une lumière douce et chaude, inquiétante aussi, des livres sont étalés un peu partout (car au milieu de toute cette pagaille je caressais le rêve insensé de préparer ma thèse), et je suis là, seul dans l'appartement, penché sur ma petite valise.

De fait, les événements s'étaient littéralement engouffrés dans mon appartement. Ils m'en extirpèrent par les cheveux, me traînant à leur suite, et tout s'enchaîna comme dans un mauvais rêve. J'étais rentré ce soir-là de l'hôpital ouvrier à la périphérie de la ville, où j'étais interne dans le service de chirurgie féminine. Coincée dans l'encoignure de la porte m'attendait une enveloppe ayant un désagréable aspect officiel. Je l'ouvris immédiatement, sur le palier, je parcourus le feuillet qu'elle contenait. Et je m'assis à même les marches de l'escalier.

Le feuillet, dactylographié en caractères bleuâtres, portait une inscription rédigée en ukrainien dont je restitue brièvement la teneur : « Veuillez vous présenter dans les deux heures à réception de la présente au département sanitaire. Vous y recevrez votre affectation. »

Ce qui signifiait : cette armée étincelante qui laissait

partout des cadavres dans les rues, Pétlioura[1], les pogromes, et moi en cette compagnie avec une croix rouge sur
la manche... Je ne restai pas bien longtemps à méditer
dans l'escalier. Je bondis sur mes pieds, comme mû par
un ressort, je me précipitai à l'intérieur de l'appartement, et c'est là que la petite valise entra en scène. Mon
plan avait été vite établi. Quitter l'appartement. Prendre
un peu de linge, et direction la périphérie de la ville, où
vivait un de mes amis infirmier – un homme d'aspect
mélancolique et de penchants nettement bolcheviks. Je
resterai chez lui tant que Pétlioura n'aura pas été fichu
hors de la ville... Et si on ne le fiche pas dehors? Et si ces
bolcheviks tant attendus n'étaient qu'un mythe? Le
canon s'est tu... Non, le voici qui gronde à nouveau...

Je rejetai avec humeur la chemise, fis claquer le
fermoir de la valise, mis le browning dans ma poche
avec un chargeur de réserve, enfilai ma capote portant le
brassard de la croix-rouge, jetai un triste regard alentour, éteignis la lampe; à tâtons, au milieu des ombres
du crépuscule, je gagnai l'entrée, je fis de la lumière, je
pris ma capuche et j'ouvris la porte donnant sur le
palier.

Au même instant, deux silhouettes portant une courte
carabine de cavalerie à l'épaule s'avancèrent en toussotant dans l'entrée.

L'un avec des éperons, l'autre sans, et tous deux
coiffés d'un bonnet caucasien en peau de mouton avec
un rabat bleu descendant crânement le long de la joue.

Mon cœur se mit à battre la chamade.

1. Chef nationaliste ukrainien opposé, durant la guerre civile, tant aux
blancs de Dénikine qu'à l'Armée Rouge. Il occupera Kiev en 1919, s'y
livrant aux pires violences antisémites.

– Vous êtes le docteur Iachvine? demanda le premier cavalier.

– Oui, c'est bien moi, répondis-je d'une voix sourde.

– Veuillez nous suivre.

– Qu'est-ce que cela signifie? protestai-je en me redressant un peu.

– Un sabotage, voilà ce que ça veut dire, répondit le cavalier en faisant sonner ses éperons. Il me regarda d'un air réjoui et malicieux, puis reprit : Les docteurs ne veulent pas être mobilisés, alors ils auront à en répondre devant la loi.

L'entrée s'éteignit, la porte claqua. L'escalier... la rue...

– Mais où m'emmenez-vous? demandai-je tout en palpant dans la poche de mon pantalon la crosse striée si délicatement fraîche.

– Au premier régiment de cavalerie, répondit le type aux éperons.

– Pour quoi faire?

– Comment ça, pour quoi faire? reprit le deuxième avec étonnement. Vous êtes affecté comme médecin chez nous.

– Qui commande le régiment?

– Le colonel Lechtchenko, répondit non sans fierté le premier cavalier, celui dont les éperons cliquetaient en rythme à ma gauche.

« Quel imbécile je fais, pensai-je, je rêvassais sur ma petite valise. Tout ça pour je ne sais quelle histoire de caleçons... Je ne pouvais pas sortir cinq minutes plus tôt?! »

Au-dessus de la ville le ciel, glacial, était déjà noir, et les étoiles sortaient lorsque nous arrivâmes devant un hôtel particulier. Derrière les vitres ornées par le givre la lumière électrique flamboyait. Dans un bruit d'éperons, on m'introduisit à l'intérieur d'une pièce poussiéreuse et vide qu'éclairait la lumière aveuglante d'une puissante ampoule électrique sous une tulipe cassée en opaline. Le canon d'une mitrailleuse pointait dans un coin, et mon attention fut attirée par des traînées roussâtres et rouges se détachant sur le mur à côté de la mitrailleuse, là où était accrochée une tapisserie de prix réduite en lambeaux. « Mais c'est du sang », pensai-je, et mon cœur se serra désagréablement.

– Monsieur le colonel, prononça doucement le type aux éperons, on amène le médecin.

– Un youpin? lança brusquement une voix sèche et enrouée venue d'on ne sait où.

Une porte tendue d'une tapisserie représentant des bergères s'ouvrit sans bruit et un homme se précipita à l'intérieur de la pièce.

Il était vêtu d'une splendide capote et chaussé de bottes à éperons. Un ceinturon du Caucase orné de plaques d'argent lui enserrait étroitement la taille; à sa hanche, un sabre, caucasien lui aussi, scintillait en flammèches sous l'éclat de la lumière électrique. L'homme était coiffé d'un petit bonnet en peau de mouton portant un galon doré croisé sur un fond framboise. Ses yeux bridés, bondissant comme des petites balles noires, avaient un regard mauvais, maladif, étrange. La face était parsemée de marques de petite vérole et les moustaches taillées court tressaillaient nerveusement.

– Non, c'est pas un youpin, répondit le cavalier.

L'homme se précipita alors vers moi, me regarda un instant dans les yeux, puis se mit à parler dans un mauvais russe teinté d'un fort accent ukrainien, en mêlant les mots des deux langues :

– Vous n'êtes pas un youpin, mais vous ne valez pas

mieux qu'un youpin. Et quand la bataille sera finie, je vous ferai traduire devant un tribunal militaire. Vous serez fusillé pour sabotage. Ne pas le quitter d'un pas! ordonna-t-il au cavalier. Et donner au docteur un cheval.

Je restais là debout, muet, et sans doute blême. Puis tout s'enchaîna à nouveau comme un rêve brumeux. Dans le coin quelqu'un prononça d'un ton plaintif :

— Ayez pitié, monsieur le colonel...

Je distinguai confusément une barbichette tremblotante, une capote de soldat toute déchirée. Tout autour surgirent des visages de cavaliers.

— Un déserteur? chantonna la voix légèrement enrouée que je connaissais déjà. Saleté d'engeance.

Je vis le colonel, la bouche agitée d'un tic, sortir de son étui un élégant pistolet sombre et frapper de la crosse le visage de l'homme déchiré. Celui-ci se jeta de côté, s'étouffant de son sang, et tomba à genoux. De ses yeux surgirent des larmes qui se mirent à couler à flots...

Puis la ville blanche enveloppée de frimas disparut. Le long du Dniepr pétrifié, noir et mystérieux, une route bordée d'arbres s'étirait. Sur cette route serpentait le premier régiment de cavalerie.

On entendait de temps à autre le fracas des carrioles fermant le convoi. Les lances noires oscillaient, on voyait pointer les capuches recouvertes de givre. Assis sur une selle froide, je remuais de temps en temps mes orteils endoloris dans les bottes, tandis que je respirais par l'ouverture de mon capuchon qui peu à peu se bordait de givre pelucheux; la petite valise attachée au pommeau de la selle me compressait la hanche gauche. Mon convoyeur chevauchait en silence à mon côté sans s'éloigner d'un pouce. En moi tout se glaçait – comme mes pieds dans les bottes. Parfois je relevais la tête vers le ciel, je regardais les étoiles, si grosses, et j'entendais résonner presque continuellement le hurlement du déserteur, comme s'il me collait aux oreilles. Le colonel Lechtchenko avait donné l'ordre de le battre avec des baguettes de fusil, et on l'avait battu dans l'hôtel particulier.

L'horizon noir était à présent silencieux. Avec une sombre tristesse, je songeai que les bolcheviks avaient sans doute été repoussés. Mon sort était sans espoir. Nous avancions vers Slobodka, où nous devions nous arrêter et défendre le pont traversant le Dniepr. « Si les combats s'apaisent et que l'on n'a pas vraiment besoin de mes services, le colonel Lechtchenko me traduira en jugement. » A cette pensée, je me pétrifiais, jetant un regard tendre et triste vers les étoiles. Il n'était guère difficile, en ces jours redoutables, de deviner quel serait le verdict pour « refus de se présenter dans les deux heures ». Curieux destin pour un diplômé...

Quelque deux heures plus tard, tout avait de nouveau changé, comme dans un kaléidoscope. La route noire s'était volatilisée. Je me trouvais à présent dans une pièce blanchie à la chaux. Sur une table en bois était posée une lanterne, à côté d'elle traînait une entame de pain et une trousse médicale béante. Mes pieds se dégourdirent et je me réchauffai grâce au feu pourpre qui dansait dans un petit poêle noir en fer. De temps à autre des cavaliers entraient. Je les soignais. Il s'agissait la plupart du temps de gelures. Les cavaliers ôtaient leurs bottes, déroulaient les chiffons leur entourant les pieds et se tortillaient devant le feu. Dans la pièce stagnait une odeur aigre de sueur, de tabac de troupe et d'iode. Parfois je restais seul. Mon convoyeur m'avait lâché. « Fuir... » J'entrouvrais la porte, je jetais un coup d'œil à l'extérieur et j'apercevais l'escalier éclairé par une bougie qui coulait, je voyais les visages, les mitrailleuses. Toute la maison était bourrée de monde, fuir était difficile. Je me trouvais au centre du quartier général. Je revenais de la porte vers la table, je m'asseyais, épuisé, j'appuyais ma tête sur mes bras et j'écoutais attentivement. Toutes les cinq minutes, en bas – je l'avais noté à ma montre – fusait un hurlement. Je savais très exactement ce que cela signifiait. Là-dessous on battait quelqu'un à coups de baguettes de fusil. Le hurlement se muait parfois en une sorte de rugissement de bête fauve, parfois il se transformait en plaintes et en douces lamentations – du moins à ce qu'il semblait à travers le plancher, comme s'il se fût agi d'une conversation intime entre deux personnes. Parfois aussi le hurlement s'arrêtait net, comme tranché par une lame.

– Pourquoi les battez-vous? demandai-je à l'un des hommes qui, tout tremblant, tendait ses mains vers le feu. Son pied nu reposait sur un tabouret; auprès du gros orteil bleu, la peau était rongée par une ulcération que j'enduisais de pommade blanche.

– On a mis la main sur une organisation, à Slobodka, répondit-il. Des communistes et des youpins. Le colonel les interroge.

Je me tus. Le soldat parti, je m'enroulai la tête dans ma capuche, et les bruits s'assourdirent. Je passai ainsi près d'un quart d'heure, dans une léthargie où surgissait sans cesse, devant mes yeux fermés, le visage grêlé surplombé de galons dorés. J'en fus tiré par la voix de mon convoyeur:

– Monsieur le colonel vous demande.

Je me relevai, je défis mon capuchon sous les yeux ébahis du convoyeur et je suivis le cavalier jusqu'au rez-de-chaussée où on m'introduisit dans une pièce blanche. Là dans la lumière de la lampe, je vis le colonel Lechtchenko.

Il était nu jusqu'à la ceinture et se tortillait sur un tabouret en pressant contre sa poitrine un tampon de gaze ensanglantée. Près de lui se tenait un soldat tout désemparé, piétinant sur place en faisant sonner ses éperons.

– Le salaud, laissa tomber le colonel, puis, s'adressant à moi : Eh bien, monsieur le docteur, faites-moi un bandage. Toi, sors d'ici, ordonna-t-il au soldat.

Celui-ci s'avança bruyamment vers la porte. Dans la maison, tout était calme. Et juste à ce moment-là, les vitrages frémirent. Le colonel loucha vers la fenêtre noire, moi aussi. « L'artillerie », pensai-je; je soupirai convulsivement et demandai :

– Qu'est-ce que c'est?

– Un canif, répondit le colonel d'un air maussade.

– Qui a fait ça?

– Ce n'est pas votre affaire, répliqua-t-il avec un mépris froid et mauvais. Puis il ajouta : Oh! là! là! monsieur le docteur, ça va aller mal pour vous.

Tout à coup je devinai : « Quelqu'un qui n'aura pas supporté ses tortures, qui s'est jeté sur lui et qui l'a blessé. Cela ne fait aucun doute... »

– Enlevez la gaze, dis-je en me penchant sur sa poitrine couverte de poils noirs.

Mais il n'eut pas le temps d'ôter le chiffon ensanglanté qu'un bruit de pas se faisait entendre derrière la porte; il y eut un remue-ménage, puis une voix grossière cria :

– Arrête, arrête, bon Dieu! Où vas-tu...

La porte s'ouvrit d'un coup et une femme aux cheveux ébouriffés s'engouffra dans la pièce. Son visage était sec, et même, du moins à ce qu'il me sembla,

52

empreint de gaieté. Ce n'est qu'après, longtemps après, que je compris de quelle étrange façon pouvait s'exprimer parfois la fureur la plus extrême. Une main grise tenta de saisir la femme par son fichu, mais elle se dégagea.

– Va-t'en, ordonna le colonel au soldat, et la main disparut.

La femme arrêta son regard sur la poitrine nue du colonel et prononça d'une voix sèche et sans larmes :

– Pourquoi a-t-on fusillé mon mari?

– Pour ce qu'il méritait, voilà pourquoi, répliqua le colonel en grimaçant de douleur. Sous ses doigts, le tampon de gaze devenait de plus en plus pourpre.

Elle s'esclaffa de telle façon que je me mis à la regarder dans les yeux sans pouvoir m'en arracher. Jamais vu des yeux pareils. Elle se tourna tout à coup vers moi :

– Et vous êtes docteur!...

Elle pointa son doigt sur la croix rouge figurant sur ma manche et hocha la tête.

– Ah! quelle crapule vous faites! continua-t-elle. (Ses yeux lançaient des flammes.) Vous avez étudié à l'université et vous voici à présent avec ce ramassis... Vous voici de leur bord, et vous leur faites des petits bandages?! Il frappe les gens au visage. Il frappe, il frappe jusqu'à ce qu'on en devienne fou... Et vous lui faites un petit bandage?!...

Tout devint flou devant mes yeux, jusqu'à la nausée, et je compris que j'allais vivre les événements les plus terribles et les plus étonnants de ma malencontreuse vie de médecin.

– C'est à moi que vous parlez? demandai-je. (Je sentais que je tremblais...) A moi? Si vous saviez...

Mais elle ne voulut pas écouter, se tourna vers le

colonel et lui cracha au visage. Le colonel bondit sur ses pieds et appela :

– Hé! Les gars!

Lorsqu'ils firent irruption, il ordonna, furieux :

– Vingt-cinq coups de baguettes.

La femme ne dit mot, on la fit sortir en la traînant par le bras; le colonel referma la porte et mit le crochet, puis il se rassit sur le tabouret et ôta le tampon de gaze. Du sang s'écoulait de la petite blessure. Le colonel essuya le crachat suspendu à sa moustache droite.

– Une femme? demandai-je d'une voix qui m'était totalement étrangère.

La colère s'alluma dans ses yeux.

– Ah ah! prononça-t-il en me jetant un regard funeste. Maintenant je vois quel oiseau on m'a donné en guise de docteur...

L'une des balles que je tirai vint se ficher selon toute apparence dans sa bouche : je me souviens en effet qu'il oscillait sur le tabouret et que le sang giclait de ses lèvres, puis des traînées apparurent très vite sur sa poitrine et sur son ventre. Ensuite ses yeux s'éteignirent et, de noirs, devinrent laiteux, et il s'effondra sur le sol. Je me souviens qu'en tirant je craignais de m'être trompé dans mon compte et de sortir la septième balle, la dernière. « Voici ma mort arrivée... » pensai-je tout en respirant l'odeur agréable du gaz de fumée laissée par le browning. La porte craqua, je cassai une vitre d'un coup de pied et je sautai par la fenêtre. Le sort me sourit : j'avais atterri dans une cour aveugle. Je courus le long d'un tas de bois dans une rue sombre. On m'eût sans nul doute rattrapé si je n'étais tombé par hasard dans un espace vide entre deux murs étroitement accolés l'un à l'autre, et je restai plusieurs heures dans ce creux, sur des briques cassées, comme dans une grotte. Des cavaliers passèrent tout à côté de moi, je les entendais. La ruelle menait au Dniepr, et ils restèrent longtemps à cavaler sur le fleuve, à me chercher. Par une fente je voyais une étoile, je ne sais pourquoi je pense qu'il s'agissait de Mars. Il me sembla soudain qu'elle explosait. C'était le premier obus qui éclatait, voilant l'étoile. Toute la nuit, ensuite, l'artillerie gronda à Slobodka, on se battait, et moi j'étais tapi dans mon terrier de briques, songeant à ma thèse et me demandant si la femme était morte sous les coups de baguettes. Lorsque le calme revint, il faisait presque jour; je m'extirpai de mon creux, car je n'y pouvais plus tenir : j'avais les pieds complètement gelés. Slobodka était mort, tout était silencieux, les étoiles pâlissaient. Et lorsque j'approchai du pont, c'était comme s'il n'y avait jamais eu de colonel Lechtchenko, ni de régiment de cavalerie... Juste du fumier sur la route piétinée...

Je fis seul, à pied, tout le chemin jusqu'à Kiev, et j'entrai dans la ville alors qu'il faisait complètement jour. Je tombai sur une étrange patrouille de soldats en bonnets de fourrure avec des oreillettes.

On m'arrêta, on me demanda mes papiers.

Je dis :

– Je suis le docteur Iachvine. Je fuis les hommes de Pétlioura. Où sont-ils?

On me répondit :

– Ils sont partis cette nuit. Maintenant il y a un comité révolutionnaire à Kiev.

Je vis que l'un des soldats me regardait attentivement dans les yeux; puis il fit un geste compatissant de la main et dit :

– Rentrez chez vous, docteur.
Et je rentrai.

Après un silence, je demandai à Iachvine :
– Il est mort? Vous l'aviez tué ou seulement blessé?
Iachvine répondit en souriant de son étrange petit
sourire :
– Oh! soyez tranquille. J'ai tué. Croyez-en mon expé-
rience de chirurgien.

LE RAID
Dans la lanterne magique

Collaborant durant les années 20 à différents journaux et périodiques, Boulgakov écrivit dans Goudok *(Le Sifflet, publication des cheminots...) près d'une centaine de « feuilletons » humoristiques très prisés du public. Le raid, qu'il publia dans ce journal en 1923, n'a cependant rien d'un récit satirique, et c'est à peine si l'on trouve çà et là, dans cette relation d'un épisode dramatique de la guerre civile, quelques éléments d'ironie. Un style très elliptique où abondent les raccourcis rapides traduit ici la violence dont sont victimes trois sentinelles surprises par un détachement de cavalerie des forces nationalistes de Pétlioura. La scène, vue dans « l'œil » d'une lanterne trouant l'obscurité de la nuit, n'est pas sans rappeler certains des épisodes du roman.* La Garde blanche, *auquel Boulgakov mettait alors la dernière main.*

UNE lumière pâle troua de biais la bouillie noire de la tempête de neige, et de l'épais nuage surgirent soudain, longues et sombres, des têtes de chevaux.

Un ébrouement. Puis la lumière rejaillit. Sous la poussée d'une tête informe, puis du poitrail terrifiant d'un cheval, Abram tomba dans la neige épaisse et roula, sans lâcher des mains son fusil... Il se releva, tout piétiné et froissé, au milieu des colonnes nacrées s'effritant en une nuée de mouches.

Il ne sentit pas le froid. Bien au contraire, une forte chaleur sèche lui traversa le corps, cédant ensuite la place à une suée qui l'envahit jusqu'à la plante des pieds. Abram comprit alors que cela signifiait une peur mortelle.

La tempête de neige et cette peur cuisante l'aveuglèrent, l'empêchant quelques instants de rien voir. Le vent balayait obliquement la neige noire et froide, quand des anneaux de feu lui passèrent devant les yeux.

– Essaie seulement de tirer... enfant de salaud, prononça une voix au-dessus d'Abram, et il comprit que la voix venait du cheval.

Sans savoir pourquoi, il se souvint du feu dans le petit

poêle noir, de l'aquarelle inachevée sur le mur. Un jour d'hiver, le thé, la chaleur du foyer... Il venait de se produire, il le savait, cette chose absurde et terrible qu'il pressentait lorsque, se tenant à son poste de garde, il fouillait d'un regard craintif la tempête tourbillonnant autour de lui... Tirer? Oh! non! Il n'y songeait pas. Abram laissa tomber son fusil dans la neige et soupira convulsivement. Il n'eût servi à rien de tirer. La neige, moins dense à présent, laissait entrevoir les têtes de chevaux; le poste de garde tout proche faisait comme une tache noire, et les panneaux empilés en tas semblaient être un tas de chiffons gris. Tout près de là, il aperçut la silhouette informe de la deuxième sentinelle, Streltsov, coiffée d'un capuchon pointu; la troisième sentinelle, Chtchoukine, avait disparu.

— Quel régiment? demanda une voix sifflante.

Abram soupira, leva les yeux, essayant sans doute d'entrevoir un instant le ciel; mais il tombait des flocons noirs et froids, la tempête s'élevait en un tourbillon de neige, et de ciel il n'y avait pas trace.

— Je saurai bien te faire parler! prononça une voix venant elle aussi des hauteurs, mais de l'autre côté, et dans laquelle Abram perçut nettement, à travers le hurlement du vent, le ton d'une haine contenue. Il n'eut pas le temps de se protéger la tête : un objet dur et noir surgit tel un oiseau au-dessus de son visage, puis une douleur cuisante lui déchira violemment la mâchoire, le cerveau et les dents et il lui sembla que sa tête éclatait sous ce feu.

— Aaah! prononça-t-il convulsivement, s'étranglant de sang salé et s'étouffant d'une bouillie d'os qui craquait dans sa bouche.

Dans le cône de lumière d'une petite lampe électrique surgit soudain Streltsov, bleu, blême et défait; on aperçut aussi très clairement la troisième sentinelle : Chtchoukine gisait, roulé sur lui-même, dans un tas de neige.

– Quel régiment ? glapit la tempête.

Sachant que le deuxième coup serait plus terrible encore que le premier, Abram, le souffle court, répondit :

– Régiment de garde.

Streltsov s'éteignit, puis se ralluma.

Les petites mouches de neige filaient en un essaim inoffensif, jaillissant et tourbillonnant en tous sens dans le cône de lumière vive.

– Dis donc ! Un youpin ! jeta une voix dans l'ombre de la lampe. Celle-ci se déplaça, et Streltsov s'éteignit. De son œil large et proéminent à la pupille scintillante, la lampe fixa le regard d'Abram. Il vit le sang sur ses mains, aperçut une jambe enserrée d'un éperon et la bouche noire et pointue d'une arme dans son étui de bois.

– Youpin ! Youpin ! grogna joyeusement l'ouragan dans son dos.

– Et l'autre ? lui répliqua avec avidité une voix de basse.

Seule l'oreille gauche d'Abram entendait; son oreille droite était morte, de même que sa joue et son cerveau. Abram essuya de la main le sang épais et poisseux qui coulait de ses lèvres, et la douleur cuisante se déplaça vers la poitrine et le cœur.

La lampe fit s'éteindre une moitié d'Abram, laissant apparaître Streltsov en entier dans le cercle de lumière. Une main venue de la selle arracha le bonnet de fourrure de la deuxième sentinelle, faisant se dresser une touffe de cheveux.

Streltsov remua la tête, ouvrit la bouche et soudain prononça faiblement dans la poudre neigeuse :

– Bande de fumiers. Espèces de pourritures.

La lumière bondit avant de redescendre vers les pieds d'Abram. Un coup sourd s'abattit sur Streltsov. Puis la tête de cheval fonça à nouveau sur eux.

Abram et Streltsov se tenaient tous deux debout contre l'énorme tas de panneaux, dans la lueur bleutée de la petite lanterne, tandis que face à eux s'agitaient, mettant pied à terre, des personnages vêtus de capotes grises. Dans le cône de lumière passait tantôt une main tenant un fusil, tantôt le galon rouge et le gland d'un bonnet de fourrure caucasien, tantôt, dans un cliquetis, un mors de bride tout mordillé et recouvert d'une écume blanchâtre.

On apercevait deux lumières : l'une, blanche, froide et haute, venait de la station; l'autre, une petite lueur basse, semblait être ensevelie dans la neige de l'autre côté, derrière la voie de chemin de fer. Les hurlements du vent s'apaisaient, la neige se faisait moins drue, moins dense; ses flocons secs et froids ne cinglaient plus le visage, ne s'insinuaient plus dans le cou; la tempête s'affaiblissait, la neige filait à présent de façon régulière et continue dans le cône de lumière.

Streltsov restait debout, le visage figé en un masque rouge – on l'avait rossé longuement, copieusement, pour son insolence, lui écrabouillant la tête. Les coups l'avaient rendu enragé et complètement insensible; s'appuyant de ses bras contre les panneaux empilés, il regardait de ses deux yeux grands ouverts – l'un plein de haine, et l'autre pourpre –, crachait le sang et répétait d'une voix sifflante :

– Espèces de fumiers... Allez donc vous faire... Vous serez tous pris, tous fusillés, tous...

Par moments, une silhouette armée d'un revolver noir et anguleux surgissait dans le cône de lumière et cognait à coups de crosse sur Streltsov. Alors il faiblissait, grognait, et ses pieds glissaient, s'écartant de la pile de panneaux à laquelle il s'accrochait de ses mains.

– Vite! Plus vite!

– Plus vite!

Du côté de la lumière blanche de la station de chemin de fer, une salve se déploya en éventail, puis s'évanouit.

– Allez, vas-y, cogne! cria Streltsov de sa voix sifflante. Cogne un bon coup! Qu'on en finisse.

Streltsov n'avait plus sur lui que sa chemise et son pantalon molletonné; sa capote et ses bottes avaient disparu, les chiffons qui lui entouraient les pieds s'étaient déroulés et le suivaient lorsqu'il s'écartait de la pile de panneaux. Abram, lui, portait une méchante capote et des bottes de feutre qui n'avaient pas trouvé preneur. Par le bout troué de sa botte droite pointait sereinement, comme à l'habitude, un peu de paille dorée.

Abram avait un visage que personne, jamais, ne lui avait vu.

– Il rit, le youpin! s'étonna-t-on dans les ténèbres derrière le cône de lumière.

– Je vais lui apprendre un peu à rire, répliqua la voix de basse.

Des yeux d'Abram s'écoulaient des larmes qui ne lui causaient ni irritation ni douleur, sa bouche déchirée s'était figée en une sorte de sourire. Sa capote déboutonnée s'était ouverte et, sans savoir pourquoi, il s'accrochait des mains au passepoil de son pantalon noir, se taisant et regardant l'œil proéminent et sa pupille aveuglante. « Voilà, tout est fini. Plus jamais je ne reverrai l'aquarelle ni le feu. Il n'y a plus rien à attendre. Rien ne peut plus arriver. C'est la fin. »

– Alors?! guettait-on dans les ténèbres.

Le cône de lumière se déplaça, l'œil passa sur la gauche, et dans l'obscurité, faisant face aux deux sentinelles, se leva la bouche sombre des fusils où était tapie cette fin noire. Abram soudain s'affaiblit et se mit à glisser, les pieds en avant. C'est pourquoi il ne sentit rien de l'éclair scintillant de la fin.

Le tourbillon de la tempête s'éloigna le long de la voie de chemin de fer, et en l'espace d'une heure tout changea. La neige cessa de dégringoler de tous côtés. Au loin, par-delà les champs enneigés, les nuages chassés par le vent se déchirèrent, laissant de temps à autre entrevoir par une fente le bord doré du disque de la lune. Un reflet pâle et laiteux s'insinuait alors perfidement à la surface des champs, les rails ruisselaient vers le lointain, et l'amoncellement de panneaux, au poste de garde, devenait noir et monstrueux. La lumière haute venant de la station s'affaiblit, mais la petite lueur basse et jaunâtre restait inchangée. C'est elle qu'Abram aperçut tout d'abord en soulevant ses paupières, et il resta ainsi très longtemps, comme rivé sur place, à la regarder. La lumière restait inchangée, mais il semblait à Abram, dont les paupières tour à tour s'ouvraient et se refermaient, qu'elle clignotait et plissait les yeux.

Les pensées d'Abram étaient étranges, pesantes, inexplicables et floues : comment n'était-il pas devenu fou? quel était cet étonnant miracle? et cette lumière jaune?...

S'aidant de ses coudes sur la neige, il traînait ses jambes comme si elles avaient été cassées et tirait en avant sa poitrine blessée. Il rampa ainsi très longtemps vers Streltsov – près de cinq minutes pour parcourir cinq pas. Une fois arrivé, il le palpa et comprit que Streltsov était froid et recouvert de neige. Il s'écarta alors de lui, continuant à ramper. Puis il se mit sur ses genoux, oscilla et, rassemblant ses forces, se hissa sur ses jambes, serrant sa poitrine de ses deux mains. Il fit à peine quelques pas puis retomba et se remit à ramper vers la voie de chemin de fer, sans jamais perdre de vue la lumière jaune.

– Qui va là? Mon Dieu! Qui va là? demanda la femme d'une voix effrayée en s'agrippant au crochet de la porte. Je suis seule, mon enfant est malade. Passez votre chemin, allez à la station.

– Laisse-moi entrer! Laisse-moi entrer, je suis blessé, répétait Abram avec insistance d'une voix sèche, ténue et chantante. Il s'agrippait à la porte, craignant par-dessus tout que la femme ne la referme, mais sa main ne lui obéissait plus et il lâchait prise. Je suis blessé, entendez-vous? reprit-il.

– Oh! le malheureux! répondit la femme en entrouvrant la porte.

Abram se traîna à genoux dans la petite entrée noire. Les yeux enfoncés dans leur orbite, la femme le regardait ramper, tandis qu'Abram regardait devant lui la lumière jaune et la voyait toute proche. Elle grésillait dans le verre d'une petite lampe à pétrole.

C'est au point du jour que la nuit s'épanouit pleinement, glacée, toute semée d'étoiles. En croix, en buissons, en carrés, les étoiles s'étendaient au-dessus de la terre ensevelie, au plus haut du ciel et au loin, par-delà les forêts silencieuses à l'horizon. Le froid, le gel et, se détachant sur la pente du ciel, la couronne irisée de la lune.

A l'intérieur de la petite maison de garde près du chemin de fer il faisait une chaleur étouffante et la lumière jaune brûlait inlassablement, avec parcimonie, en grésillant.

La gardienne ne dormait pas; assise sur le banc près de la table, elle regardait par-delà la lumière vers le poêle où l'on entendait la respiration sifflante du corps d'Abram, recouvert d'un monceau de guenilles et d'une touloupe en peau de mouton.

La chaleur passait par vagues du cerveau jusqu'aux pieds, puis refluait vers la poitrine et tentait de souffler la bougie de glace plantée dans son cœur. La bougie se contractait et se rétractait en mesure, comptant les secondes et les marquant de coups sourds et réguliers. Abram ne l'entendait pas; il n'entendait que le grésillement continu de la flamme dans la lampe à pétrole, et il lui semblait que cette flamme brûlait dans sa tête. Abram lui racontait le tourbillon de la tempête de neige, la douleur qui lui martelait les tempes et le cerveau, et

66

Streltsov enseveli sous la neige. Il voulait extirper Streltsov du tas de neige et le hisser sur le poêle, mais Streltsov était lourd et pesant comme un pieu fiché en terre. Abram voulait ôter de son cerveau la flamme jaune qui le torturait, s'en débarrasser, mais elle s'entêtait à rester, brûlant tout à l'intérieur de sa tête devenue sourde. Puis l'aiguille de glace dans son cœur semblait se détraquer, et les heures de la vie se mettaient à tourner d'étrange façon, s'égrenant à l'envers – la chaleur cédait la place au froid qui passait de la tête vers les pieds, la bougie se déplaçait vers la tête et la flamme jaune vers le cœur; le corps cassé d'Abram était secoué en tierce de brefs tremblements, à contre-mesure des battements de la vie. La peau de mouton devenait alors insuffisante, il avait envie d'entasser des fourrures jusqu'au plafond, de se recroqueviller et de se coucher à même les briques brûlantes.

Les années passèrent. Et il se produisit un événement aussi joyeux qu'extraordinaire : le club reçut du bois de chauffage.

C'était du bois humide, bien sûr. Mais le bois, même humide, finit par s'allumer, et celui-ci ne faillit pas à la règle. La gueule du poêle crachait de difformes diables de feu, la chaleur s'échappait et dansait autour de la guirlande de sapin desséchée, autour des rubans du portrait où elle attrapait un coin de barbe, dansait sur le sol et sur le visage de Bronia. Accroupie tout près de la gueule du poêle, Bronia regardait les flammes, enserrant des bras ses genoux au-dessous desquels pointait le bout de ses bottes de feutre pelucheuses qui se réchauffaient au diable incandescent. La tête de Bronia avait le rouge coquelicot de l'éternel fichu qu'elle nouait crânement sur la nuque.

Les autres étaient assis en demi-cercle sur des chaises éventrées et écoutaient le récit de Grouzny. Iak racontait d'une voix de basse les attaques, les nuits glaciales, la guerre âpre et cuisante. Il apparut que Iak était un brave qui ne se laissait pas abattre. Et c'est vrai que c'était un brave. Lorsqu'il eut terminé, il cracha dans un seau gris rétréci au milieu et fit un rond de fumée au relent de tabac bon marché et pourri.

– Au tour d'Abram, maintenant, dit Bronia. C'est un vrai professeur. Lui aussi peut nous raconter quelque chose d'intéressant. A vous de parler, Abram, ajouta-t-elle en accrochant un peu sur le « vous » – Abram, nouvel arrivé, était le seul que Bronia vouvoyait dans la conversation.

Petit, ébouriffé comme un moineau, il s'extirpa du dernier rang et apparut devant le feu dans toute sa splendeur. Il était vêtu d'une veste ouatinée, comme celles que portaient autrefois les magasiniers, et d'un pantalon unique en son genre dans toute la faculté ouvrière[1] – et sans nul doute au monde : d'un marron tirant étrangement sur le verdâtre, large en haut et étroit en bas, et qui, on ne sait pourquoi, s'arrêtait tranquillement juste au-dessus de la patte droite des bottines d'Abram, laissant voir à chacun les raies de son bas gris.

Le possesseur du pantalon était sourd et conservait

1. Etablissements créés en 1919 pour permettre aux ouvriers d'accéder à l'enseignement supérieur.

toujours de ce fait un sourire poli et confus, appliquant si nécessaire sa main ouverte contre l'oreille gauche.

– C'est à vous, Abram, lui enjoignit Bronia haut et fort, comme tout le monde le faisait en s'adressant à lui. Vous n'avez sans doute pas participé aux combats, mais vous n'avez qu'à nous raconter quelque chose d'autre.

Le moineau ébouriffé regarda en direction du poêle et, retenant sa voix pour ne pas parler trop fort, se mit à raconter.

S'adressant aux flammes et au fichu coquelicot de Bronia, il finit par se prendre au jeu. Il parlait avec émotion, voulant mettre dans son récit et le tourbillon de la tempête de neige, et les têtes de chevaux surgissant brusquement, et la peur terrible et difforme qui vous saisit parfois lorsqu'on va mourir et qu'il n'y a pas d'espoir. Il parlait à la troisième personne des deux soldats du régiment de garde. Haussant plaintivement les sourcils, il raconta comment l'un d'entre eux, à demi mort, s'était mis à ramper droit devant lui en direction de la lumière jaune; il parla de la femme dans la maison de garde, de l'hôpital où le médecin jurait ses grands dieux que la sentinelle, en aucun cas, ne survivrait; il raconta comment cette sentinelle avait survécu... Gardant la main gauche dans la poche de sa veste, Abram indiquait de la droite le feu dans le poêle, comme si le feu lui eût dessiné ce tableau. Son récit terminé, il regarda avec épouvante en direction du poêle et prononça :

– Et voilà...

Il y eut un moment de silence.

Iak considéra avec condescendance le pantalon marron.

– Eh oui, il y en a eu, des cas comme ça... Il y en a eu en Ukraine... Et qui c'était, cette sentinelle ?

Le moineau resta un moment silencieux avant de répondre, un peu confus :

– C'était moi.

Puis il se tut avant d'ajouter :

– Bon, eh bien je vais à la bibliothèque.

Et il partit en boitillant comme à son habitude.

Toutes les têtes se retournèrent sur lui et tous restèrent longtemps à fixer le pantalon marron pendant que les jambes d'Abram traversaient de part en part la grande salle avant de disparaître derrière la porte.

LA COURONNE ROUGE
Historia morbi

A l'automne 1919, en pleine guerre civile, Boulgakov quittait Kiev pour le Caucase. Il retrouva là son frère Nicolas, engagé volontaire dans l'armée blanche. Tel est l'épisode qui serait à l'origine de La couronne rouge, publié en 1922 dans le journal Nakanounié (A la veille). Il s'inscrit dans l'une des périodes les plus décisives de la vie de l'écrivain : c'est au cours de ses pérégrinations dans le nord du Caucase que Boulgakov abandonna définitivement la médecine pour vivre de sa plume.

Ce récit au ton laconique et grave, d'où est absent tout élément de satire, est l'une des toutes premières illustrations de certains des thèmes clefs de l'œuvre de Boulgakov – et en particulier ceux de la lâcheté, de la culpabilité et de l'expiation, que l'on retrouvera dans les chapitres « historiques » du Maître et Marguerite.

PLUS que tout je hais le soleil, le bruit des voix et ce crépitement. Ce crépitement rapide. Je crains les gens à tel point que le soir, lorsque j'entends dans le couloir un bruit de pas et de conversations, je me mets à pousser des cris. C'est pourquoi j'ai une chambre spéciale : la chambre n° 27, une chambre calme – la meilleure, au bout du couloir. Personne ne peut y venir. Et pour bien m'assurer que j'y suis vraiment en sécurité, j'ai demandé avec insistance, en pleurant, qu'Ivan Vassiliévitch me délivre un certificat tapé à la machine. Il a accédé à ma requête et a rédigé un document me plaçant sous sa protection, et attestant que nul n'a le droit de se saisir de moi. Seulement j'avais un doute, à dire vrai, sur la valeur de sa signature. Alors il a demandé au professeur d'y adjoindre la sienne et a apposé sur le tout un cachet bleu et rond. Cela avait ainsi une tout autre allure. Je sais des cas où les gens n'ont eu la vie sauve que par un document dûment cacheté trouvé dans leur poche. Mais il est vrai également que cet ouvrier de Berdiansk[1] à la joue maculée de suie, on l'avait pendu à un réverbère

1. Ville du sud-est de l'Ukraine, sur la mer d'Azov.

précisément après avoir trouvé dans sa botte un bout de papier froissé frappé d'un cachet bleu et rond. C'était un criminel, un bolchevik, et le document portait donc un cachet criminel. Il l'expédia en haut du réverbère, et ce fut là l'origine de ma maladie – car je sais fort bien que je suis malade.

En effet, cela a commencé bien avant Kolia. Je suis parti pour ne pas voir pendre un homme, mais j'emportais avec moi la peur dans mes jambes tremblantes. A l'époque, bien sûr, je n'y pouvais rien, mais à présent j'aurais dit hardiment : « Monsieur le général, vous êtes un monstre. Vous n'avez pas le droit de pendre les gens. »

Vous pouvez donc constater que je ne suis pas un pleutre, et que je ne m'inquiète pas du cachet par peur de la mort. Oh! non, je ne la crains pas. Bien au contraire, je finirai sans doute par me brûler la cervelle, et avant peu, car Kolia me mènera au désespoir. Je me tuerai pour ne plus voir ni entendre Kolia. Mais à la pensée que d'autres pourraient venir et me... cela est odieux.

Jour après jour, je reste allongé sur ma couchette et je regarde dehors, par la fenêtre. Au-dessus du vide surplombant notre jardin verdoyant une énorme bâtisse jaune de sept étages tourne vers moi sa façade aveugle, sans fenêtres, avec seulement, juste sous le toit, un immense carré de métal rouillé. Une enseigne : « Laboratoire dentaire ». En lettres blanches. Au début, je la détestais. Ensuite je m'y suis habitué, et si on l'avait enlevée, je me serais sans doute ennuyé d'elle. Toute la journée, elle reste plantée là sous mes yeux, et je concentre sur elle mon attention, pensant à mille choses importantes. Puis vient le soir. La voûte du ciel s'obscurcit, les lettres blanches disparaissent. Je deviens gris, je me dissous avec mes pensées dans l'épaisseur des ténèbres. Le crépuscule est un moment grave et terrible de la journée. Tout s'éteint, tout se mêle. Le chat roux se met à errer à petits pas de velours dans les couloirs, et de temps à autre, je pousse un cri. Mais je ne permets à quiconque de faire de la lumière, car si la lampe s'allumait, je resterais toute la soirée à sangloter et à me tordre les bras. Mieux vaut attendre, résigné, la minute où dans la pénombre floue s'illumine le dernier tableau, le plus important.

Ma vieille mère m'avait dit :

– Je ne peux pas vivre ainsi plus longtemps. Je vois bien que c'est de la folie. Tu es l'aîné, et je sais que tu l'aimes. Rends-moi Kolia. Rends-le moi. Tu es l'aîné.

Je me taisais.

Alors elle mit dans ses mots tout son désir et toute sa douleur.

– Trouve-le. Tu fais semblant de penser que tout cela est nécessaire. Mais je te connais. Tu es intelligent, tu as compris que tout cela est de la folie. Ramène-le moi pour un jour. Un jour seulement. Et je le laisserai repartir.

Elle mentait. Comment l'aurait-elle laissé repartir ?

Je me taisais.

– Je veux seulement embrasser ses yeux. Puisque de toute façon, on le tuera. Mais c'est trop triste ! Il est mon petit garçon. A qui d'autre puis-je encore m'adresser ? Tu es l'aîné. Ramène-le moi !

A bout de forces, je dis en détournant les yeux :

– Bien.

Mais elle me saisit par la manche et fit en sorte que je la regarde en face :

– Non, jure-moi, jure-le moi que tu le ramèneras vivant !

Comment peut-on faire un pareil serment ?

Mais moi, comme un insensé, je le fis.

– Je le jure.

Ma mère n'a aucune force de caractère, pensais-je en partant. Mais à Berdiansk, je vis le réverbère penché... Monsieur le général, je ne suis pas moins coupable que vous, et je réponds entièrement, moi aussi, de l'homme maculé de suie. Mais mon frère n'y est pour rien. Il a dix-neuf ans...

Après Berdiansk, je tins fidèlement mon serment. Je retrouvai mon frère à vingt verstes de là, près d'une petite rivière. La journée était exceptionnellement claire. Dans la poussière blanche et trouble s'élevant sur la route derrière le village d'où s'échappait une odeur de brûlé, un détachement de cavaliers marchait au pas. C'était lui, au bout du premier rang, la visière de sa casquette tirée sur les yeux. Je me souviens de tout : son éperon droit avait glissé jusqu'au talon de sa botte, la lanière de la casquette descendait le long de sa joue jusqu'au menton.

– Kolia... Kolia ! criai-je en courant jusqu'au fossé qui bordait la route.

Il tressaillit. Dans le rang, les soldats couverts de sueur, la mine renfrognée, tournèrent la tête.

– Ah, vieux ! me fit-il en réponse. (Je ne sais pourquoi,

il ne m'appelait jamais par mon prénom, mais comme ça : vieux. Je suis son aîné de dix ans. Il écoutait toujours attentivement mes paroles... Il continua :) Attends. Attends-moi là, près du petit bois. Nous arrivons tout de suite. Je ne peux laisser mon escadron.

A l'orée du bois où l'escadron avait mis pied à terre, nous fumions tous deux avec avidité. J'étais calme et ferme. Tout cela est de la folie, notre mère avait parfaitement raison.

Je lui chuchotais :

– Dès que vous serez revenus du village, tu viens avec moi à la ville. Et l'on part d'ici sur-le-champ, à jamais.

– Mais comment ça, vieux ?

– Tais-toi, dis-je, tais-toi. Je sais.

L'escadron se remit en selle. Il s'ébranla et se dirigea au petit trot vers les fumées noires. Et cela commença à crépiter dans le lointain. Un crépitement rapide.

Que pouvait-il bien arriver en une heure ! Ils allaient revenir. Et je me mis à attendre près de la tente surmontée d'une croix rouge.

Une heure plus tard, je le vis. Il revenait de même, au petit trot. Mais il n'y avait pas d'escadron. Rien que deux cavaliers armés de lances qui chevauchaient à ses côtés, et l'un d'eux – celui de droite – se penchait sans cesse vers mon frère comme pour lui dire quelque chose à l'oreille. Plissant les yeux dans le soleil, j'observais une mascarade étrange. Il était parti coiffé d'une petite casquette grise, il revenait ceint de rouge. Et le jour, brusquement, prit fin. Un écran noir tomba, sur lequel se détachait une coiffe de couleur vive. Pas de cheveux, pas de front. A sa place il y avait une petite couronne rouge aux dentelures jaunes s'effilochant en lambeaux.

Le cavalier, mon frère, ceint d'une couronne à franges, se tenait immobile sur son cheval recouvert d'écume : n'eût été le cavalier de droite qui le soutenait avec précaution, on eût pu croire qu'il allait à la parade.

Le cavalier avait fière allure sur sa selle, mais il était aveugle et muet. Là où s'illuminaient, une heure plus tôt, des yeux clairs, deux taches rouges à présent s'étiraient...

Le cavalier de gauche mit pied à terre, saisit de sa main gauche les rênes du cheval et de la droite tira doucement Kolia par le bras. Kolia chancela.

Une voix prononça alors :

– Eh... notre engagé volontaire... un éclat d'obus... Appelle le docteur, ajouta la voix à l'adresse de l'infirmier.

L'autre étouffa un cri :

– Tss... ce n'est pas le docteur, répondit-il, c'est le pope qu'il lui faut.

Et le voile noir s'épaissit, recouvrant tout, même la coiffe.

Je me suis fait à tout. A notre bâtiment blanc, au crépuscule, au petit chat roux qui se frotte à la porte. Mais à ses visites je ne puis m'habituer. La première fois, c'était encore dans la chambre n° 63, en bas. Il est sorti du mur, ceint d'une couronne rouge. Cela n'avait en soi rien d'effrayant : c'est ainsi que je le vois en rêve. Mais je le sais parfaitement : s'il porte la couronne, c'est qu'il est mort. Et voici qu'il parlait, qu'il remuait ses lèvres collées par le sang! Il les détacha l'une de l'autre, ramena ses pieds côte à côte, porta sa main à la couronne et me dit :

– Vieux, je ne peux laisser mon escadron.

Depuis lors, c'est toujours la même chose. Il vient, vêtu d'une vareuse, portant des courroies passées à l'épaule, un sabre recourbé et des éperons silencieux, et il me dit toujours la même chose. L'honneur. Puis :

– Vieux, je ne peux laisser mon escadron.

Quel choc il me fit la première fois! Il effraya toute la clinique. Quant à moi, c'en était fait. Mon raisonnement est celui du bon sens : s'il porte la couronne, c'est qu'il est mort, et si un mort vient et me parle, c'est que moi, je suis devenu fou.

Voici venir le crépuscule. L'heure grave où l'on rend les comptes. Une fois cependant, je me suis endormi, et dans mon rêve j'ai revu le vieux salon aux meubles recouverts de peluche rouge. Le fauteuil confortable et douillet avec son pied fendu. Le portrait sur le mur, dans un cadre noir recouvert de poussière. Les fleurs sur les piedouches. Sur le piano ouvert est posée une partition de *Faust*... Il était là, debout dans l'embrasure de la porte, et une joie folle embrasa mon cœur. Il était tel que dans le passé, avant ces jours maudits. Dans sa vieille veste noire au coude taché de craie. Ses yeux vifs et malicieux riaient, une mèche de cheveux lui retombait sur le front. Il me faisait signe de la tête :

– Vieux, viens voir dans ma chambre. Je vais te montrer quelque chose!...

Le salon s'éclairait des rayons de lumière tombant de ses yeux, et le poids du remords fondit en moi. Il n'avait jamais existé, ce jour funeste où je l'avais envoyé à la mort en lui disant « Va! », ni le crépitement, ni l'odeur de brûlé. Il n'était jamais parti, il n'avait jamais été ce cavalier. Il jouait du piano, les touches blanches résonnaient doucement, une gerbe d'étincelles dorées scintillait, sa voix était vivante et elle riait.

Puis je me suis éveillé. Et tout avait disparu. La lumière, et les yeux. Plus jamais je ne refis ce rêve. Mais cette nuit-là le cavalier en tenue de combat est tout de même revenu, marchant en silence, aviver ma souffrance infernale, et il me dit ce qu'il avait décidé de me répéter éternellement.

Je résolus d'en finir. Je lançai avec force :

– Seras-tu donc éternellement mon bourreau? Pourquoi viens-tu me voir? Je reconnais tout. Je prends ta faute sur moi, pour t'avoir envoyé à la mort. Le poids de celui qui a été pendu, je le mets aussi à mon compte. Puisque je te le dis, pardonne, et laisse-moi.

Monsieur le général, il n'a dit mot, et il n'est pas parti.

Ma souffrance me rendit alors cruel, et je souhaitai de toutes mes forces qu'il vienne aussi vous voir, ne fût-ce qu'une fois, et porter devant vous la main à sa couronne. Je vous assure, c'en eût été fini de vous – de même que c'en est fini de moi maintenant. En moins de deux. Qui sait, d'ailleurs, si l'homme maculé de suie, celui de Berdiansk, ne vous rend pas visite? Si tel est le cas, nous sommes à égalité, vous et moi, et ce n'est que justice. Je vous avais envoyé Kolia pour vous aider à le pendre. Mais c'est bien vous qui l'avez pendu. Par un arrêt verbal, sans aucun ordre écrit...

Mais il n'est pas parti. Alors je tentai de l'effrayer par un cri. Tout le monde se réveilla. L'infirmière accourut, on alla chercher Ivan Vassiliévitch. Je ne voulais pas recommencer un nouveau jour, mais on ne me laissa pas me bousiller. On m'attacha avec un drap, on m'arracha des mains le morceau de verre, on me pansa. Depuis lors, je suis là, dans la chambre n° 27. On me donna une drogue et je commençais à m'endormir quand j'entendis l'infirmière, dans le couloir, qui disait :

– C'est sans espoir.

C'est vrai. Je n'ai pas d'espoir. Dans l'angoisse brûlante des ténèbres, j'attends, mais en vain, que revienne le vieux rêve de la pièce familière, des yeux rayonnant d'une lumière paisible. Rien de tout cela n'existe, rien ne sera jamais plus.

Le poids ne fond pas. Et dans la nuit j'attends, résigné, que vienne le cavalier familier aux yeux aveugles et qu'il me dise d'une voix rauque :

– Je ne peux laisser mon escadron.

Oui, c'est sans espoir. Il me tourmentera jusqu'au bout.

PSAUME

*L'appartement communautaire a été l'une des cibles favori-
tes des écrivains satiriques des années 20. Boulgakov n'a pas
échappé à la règle, brocardant dans nombre de ses nouvelles
les situations épineuses nées dans ce nouveau mode de vie.
Mais dans ce court récit (écrit en 1923 et publié par la suite
dans un recueil intitulé* Traité du logement...) *la satire fait
place à une coloration intimiste dont on ne trouve guère
d'autres exemples – du moins sous cette forme – dans l'œuvre
de l'écrivain : un bref dialogue suffit à dessiner la relation
affectueuse, tendre et sensuelle s'ébauchant entre un adulte,
un petit enfant et la mère de celui-ci, tous trois unis par une
même solitude paisible et désenchantée.*

On a tout d'abord l'impression d'un rat qui gratte à la porte. Puis on entend une voix humaine demander très poliment :

— Ze peux entrer ?

— Entre, entre, je t'en prie !

La porte chante sur ses gonds.

— Entre, viens t'asseoir sur le divan !

(Voix venant de la porte) — Et comment ze fais pour marser sur le parquet ?

— Marche tout doucement, ne glisse pas... Alors, quoi de neuf ?

— Rien.

— Comment donc, rien ? Et qui est-ce qui sanglotait ce matin dans le corridor ?

(Silence pesant) — Moi.

— Et pourquoi ?

— Parce que maman m'a donné une fessée.

— Pour quelle raison ?

(Silence tendu) — ... C'est parce que z'ai mordu l'oreille à Sourka.

— Rien que ça.

– Maman dit que Sourka est un cenapan. Il le fait exprès de m'embêter, il m'a pris mes pièces.

– De toutes les façons, il n'existe aucun décret autorisant à mordre les oreilles des gens pour des pièces de monnaie. C'est bien bête, ce que tu as fait. Tu es un nigaud.

(Vexé) – Ze veux pas zouer avec toi.

– Fort bien.

(Silence) – Papa va venir, ze lui dirai. *(Silence)* Il te tuera.

– Ah bon! c'est comme ça. Alors je ne vais pas faire de thé. Ce n'est pas la peine, puisqu'il me tuera...

– Si, fais-en...

– Tu en prendras avec moi?

– Avec des bonbons? Dis?

– Parfaitement. Avec des bonbons.

– Alors ze veux bien.

Deux corps accroupis – un grand et un petit. L'eau bout, la bouilloire fait entendre un tintement musical. Un cône de lumière chaude éclaire une page de Jérôme K. Jérôme.

– Et la poésie, tu l'as oubliée, je parie?

– Non, z'ai pas oublié.

– Alors vas-y, récite-la.

– Ze... ze m'assèterai...

– Des souliers...

– Des souliers vernis... ze santerai...

– Un psaume.

– Un psaume la nuit... z'aurai aussi un sien à moi...

– Vaille que vaille...

– Que vaille...

– On s'en sortira.

– Sortira. On.

– Et voilà! Quand le thé sera prêt, on le boira, et on s'en sortira.

(Profond soupir) – Sor-ti-ra.

La bouilloire tinte. Jérôme K. Jérôme. L'eau bout. Cône de lumière. Le parquet luit.

– Tu es seul.

Jérôme K. Jérôme tombe sur le parquet. La page s'éteint.

(Silence) – Et qui t'a dit cela?

(Evidence sereine) – Maman!

– Quand?

– Quand elle t'a recousu un bouton. Elle recousait le bouton et elle disait à Natassa...

– Tss... Attends un peu, arrête de gigoter ou je vais t'ébouillanter... Hou là là!

– Hou là là, c'est saud!

– Prends un bonbon, celui que tu veux.

– C'est celui-là que ze veux. Le gros.

– Souffle un peu sur le thé, et arrête de balancer les jambes!

(Voix féminine derrière la cloison) – Slavka!

On frappe. La porte chante agréablement sur ses gonds.

– Il est encore chez vous! Slavka, viens à la maison!

– Mais non, mais non, nous sommes en train de boire du thé tous les deux.

– Mais il vient tout juste d'en prendre!

(Sincérité paisible) – Ze... z'ai pas bu de thé.

– Véra Ivanovna, venez prendre un peu de thé.

– Merci, je viens juste...

– Venez, venez... je ne vous laisse pas repartir.

– Laissez... j'ai les mains mouillées... j'étendais le linge.

(Un défenseur inattendu) – Laisse ma maman!

– Bon, bon, j'arrête... Véra Ivanovna, venez vous asseoir...

– Je finis d'étendre le linge et je viens.

– Parfait. Alors je n'éteins pas le réchaud.

– Et toi, Slavka, dès que tu as fini ton thé, tu vas dans ta chambre. Au lit. Il vous dérange...

– Ze déranze pas... Ze fais pas de bêtises.

Les gonds chantent désagréablement. Les cônes de lumière s'écartent. La bouilloire est muette.

– Tu as envie de dormir?

– Non, z'ai pas envie. Raconte-moi une histoire.

– Tu as pourtant de tout petits yeux...

– Non, ils sont pas petits. Allez, raconte.

– Bon, alors viens ici... Pose ta tête, là... Une histoire? Et quelle histoire veux-tu que je te raconte? Hein?

– Celle du petit garçon. Celui qui...

– Le petit garçon? Ça, mon vieux, c'est une histoire difficile. Mais puisque c'est toi, je veux bien... Donc, il était une fois un petit garçon. Tout petit. Il avait environ quatre ans. Il vivait à Moscou, avec sa maman. Et il s'appelait Slavka.

– Hou là là... Comme moi?

– Un petit garçon assez mignon, mais je dois dire aussi, à mon grand regret, un bagarreur. Il se bagarrait avec tout ce qu'il pouvait... à coups de poing, à coups de pied, et même à coups de galoche. Dans la chambre n° 8 habitait une jolie petite fille, gentille, douce... Et un beau jour, dans l'escalier, il lui flanqua un livre à la figure!

– C'est elle qui avait commencé...

– Attends un peu. Ce n'est pas de toi qu'il s'agit.

– C'est un autre Slavka?

– Tout à fait un autre... Où en étais-je?... Alors, naturellement, Slavka recevait tous les jours une bonne correction, car on ne peut pas laisser les gens se bagarrer comme ça, n'est-ce pas? Mais il n'en continuait pas moins de plus belle. Tant et si bien qu'un beau jour, il se disputa avec Chourka, un autre petit garçon, et ni une ni deux, le voilà qui lui mord l'oreille et, d'un coup de dent, lui en arrache la moitié! Cela fit un beau ramdam : Chourka hurle, Slavka reçoit une volée, il hurle... Tant bien que mal, on recolle l'oreille de Chourka avec un peu de sparadrap et, bien sûr, on met Slavka au coin... Quand tout à coup quelqu'un sonne à la porte. Arrive un monsieur totalement inconnu avec une énorme barbe rousse et des lunettes bleues, et, d'une voix de stentor, il demande : « Pourrais-je savoir lequel d'entre vous est Slavka? » Slavka répond : « C'est moi. » « Eh bien voilà, Slavka, reprend le monsieur, je suis le surveillant de tous les bagarreurs. Mon cher Slavka, il va falloir que je t'emmène loin de Moscou. Au Turkestan. » Slavka comprend que ça sent le roussi, et il préfère passer aux aveux. « C'est moi qui me suis bagarré, et j'ai joué aux pièces dans l'escalier, et j'ai effrontément menti à maman, j'ai dit que je n'avais pas joué... Mais je ne le ferai plus, parce que je commence maintenant une vie nouvelle. » « Voilà qui change tout, dit alors le surveillant. Dans ce cas, tu mérites une récompense pour ta franchise. » Et il l'emmène sur-le-champ au magasin des récompenses. Slavka découvre là des montagnes de merveilles. Des ballons à rayures en caoutchouc, des vélocipèdes, des tambours. « Choisis ce que bon te semble », lui dit alors le surveillant. Seulement, voilà, je ne sais plus très bien ce que Slavka a choisi...

(Voix de basse suave et ensommeillée) – Un vélo!...

– C'est ça, j'y suis à présent, un vélo. Et il l'enfourche aussitôt pour aller droit vers le Kouznetski Most. Il roule, il fait marcher son avertisseur, et les gens sur le trottoir le regardent, étonnés : « Quel garçon remarquable que ce Slavka. Comment se débrouille-t-il pour ne pas se faire renverser par une voiture ? » Slavka actionne l'avertisseur de son vélo et crie aux cochers : « Tiens ta droite ! » Les fiacres filent, les voitures volent, Slavka appuie sur les pédales, les soldats défilent au son d'une marche qui résonne...

– Il dort ?

Les gonds chantent. Le corridor. La porte. Des bras blancs, dénudés jusqu'au coude...

– Mon Dieu. Donnez, je vais le déshabiller.

– Revenez ! Je vous attends.

– Il est tard...

– Mais non, mais non, je ne veux pas le savoir.

– Bien, je reviens...

Cônes de lumière. La bouilloire commence à chuinter. Plus haut les mèches ! Jérôme K. Jérôme, devenu inutile, gît sur le sol. Dans la fenêtre en mica du réchaud à pétrole brûle un joyeux petit enfer. Je chanterai un psaume la nuit... Vaille que vaille, on s'en sortira. Oui, je suis seul. Le psaume est triste. Je ne sais pas vivre... Le plus atroce, dans la vie, ce sont les boutons. Ils tombent comme des membres pourris. Hier, il y en a un qui m'a lâché sur le gilet. Aujourd'hui, un sur le veston et un sur le pantalon. Je ne sais pas vivre avec les boutons, mais je vois et je comprends tout. Il ne reviendra pas. Il ne me tuera pas d'un coup de revolver. L'autre jour, elle disait à Natacha dans le corridor : « Bientôt mon mari reviendra, et nous irons à Pétersbourg. » Il ne reviendra pas, croyez-m'en. Cela fait sept mois qu'il est parti et par trois fois, je l'ai surprise en train de pleurer. Les larmes, voyez-vous, on ne peut pas les cacher. Seulement il a beaucoup perdu en abandonnant ces bras si blancs, si chauds. Cela ne regarde que lui, naturellement, mais je ne comprends pas comment il a pu oublier Slavka...

Les gonds ont chanté si gaiement...

Plus de cônes. Dans la petite fenêtre de mica, c'est la nuit noire. La bouilloire s'est tue depuis longtemps.

La lumière de la lampe regarde de ses mille petits yeux à travers la fine satinette.

– Vous avez des doigts merveilleux. Vous auriez dû être pianiste...

– Quand j'irai à Pétersbourg, je jouerai à nouveau.

– Vous n'irez pas à Pétersbourg... Slavka a les mêmes boucles sur le cou... Et moi j'ai un de ces cafards, savez-vous. Une tristesse extraordinaire. La vie est impossible. Partout, des boutons, des boutons, des bou...

– Ne m'embrassez pas... Ne m'embrassez pas... Je dois partir. Il est tard.

– Vous ne partirez pas. Là-bas, vous allez recommencer à pleurer. C'est une habitude, chez vous.

– Ce n'est pas vrai. Je ne pleure pas. Qui vous a dit?

– Je le vois bien. Je le sais bien. Vous allez pleurer, et moi je suis si triste... si triste...

– Mais qu'est-ce que je fais... mais qu'est-ce que vous faites...

Plus de cônes. La lampe ne brille plus à travers la fine satinette. La nuit. Les ténèbres.

Plus de boutons. J'achèterai un vélo à Slavka. Je ne m'achèterai pas de souliers vernis, je ne chanterai pas de psaume la nuit... Vaille que vaille, on s'en sortira.

L'ÉRUPTION ÉTOILÉE

Après avoir terminé ses études de médecine à Kiev, Boulga-
kov fut nommé en 1916 dans un hôpital rural de la région de
Smolensk, à Nikolskoïé, où il exercera jusqu'à l'automne
1917. Le contact avec la campagne russe – enfouie sous la
neige, perdue dans son immensité, figée dans ses traditions
séculaires – fut pour le jeune citadin une expérience plutôt
rude. C'est cette année d'apprentissage qui est relatée dans Les
Récits d'un jeune médecin, *auxquels se rattache cette nouvelle.*
On y retrouve le jeune praticien inexpérimenté prenant en
charge plusieurs milliers de malades et traquant une maladie
d'autant plus redoutable qu'on voulait l'ignorer, la syphilis.
(Boulgakov, qui avait été très impressionné durant son année
à Nikolskoïé par la fréquence des maladies vénériennes, s'était
lui-même spécialisé par la suite en vénérologie.)

Ecrite au tout début des années 20, L'éruption étoilée *fut*
publiée en 1926 dans le journal Le Travailleur *médical.*
Contrairement aux autres Récits d'un jeune médecin, *cette*
nouvelle ne figure pas dans les éditions soviétiques des textes
de Boulgakov, malgré son importance (pudibonderie du cen-
seur?...).

C'ÉTAIT elle! Mon flair ne m'avait pas trompé. Car pour ce qui était de mes connaissances médicales toutes neuves (j'étais diplômé depuis six mois seulement), je ne pouvais guère y compter : il va sans dire qu'elles se réduisaient à zéro.

Eprouvant quelque appréhension à toucher l'épaule nue et chaude de l'homme (bien qu'il n'y eût rien à craindre), je me bornai à dire :

– Approchez-vous donc un peu de la lumière!

L'homme se tourna comme je le souhaitais vers la lampe à pétrole dont la lumière envahit sa peau jaunâtre. Sa poitrine et ses flancs présentaient, affleurant sur fond jaune, une éruption marbrée. « Comme des étoiles dans le ciel », pensais-je avec un petit froid au cœur. Je me penchai vers la poitrine, puis en détournai les yeux pour les lever vers le visage. Un visage d'une quarantaine d'années portant une barbichette hirsute couleur grise sale, avec des petits yeux vifs à demi recouverts par des paupières gonflées. J'y déchiffrai, à mon grand étonnement, le sentiment de sa propre importance et de sa dignité.

L'homme, clignant de l'œil, regardait autour de lui

avec indifférence et ennui tout en rajustant la ceinture de son pantalon.

« C'est elle, c'est la syphilis », me dis-je de nouveau avec gravité. C'était la première fois que je tombais dessus depuis le début de ma pratique médicale, qui se bornait à celle d'un jeune médecin projeté aux premières heures de la révolution directement des bancs de l'université dans cette campagne reculée.

J'étais tombé sur cette syphilis par hasard. L'homme venu consulter se plaignait de maux de gorge. Sans savoir pourquoi, et sans penser le moins du monde à la syphilis, je lui avais demandé de se déshabiller. Et c'était là que j'avais vu l'éruption étoilée.

Ayant fait l'association entre l'enrouement, la mauvaise rougeur du pharynx, les étranges taches blanches dans la gorge et la poitrine marbrée, j'avais deviné. Je commençai un peu lâchement par m'essuyer les mains avec une boule de sublimé antiseptique – tout en songeant avec une pointe d'inquiétude qui m'empoisonna l'espace d'un instant : « Il me semble qu'il m'a toussoté sur la main... » Puis je tripotai un moment avec dégoût, ne sachant trop qu'en faire, la spatule de verre qui m'avait servi à ausculter la gorge du patient. Où pourrais-je bien la mettre ?

Je décidai de la déposer sur le rebord de la fenêtre, sur un tampon de coton.

– Eh bien voilà, dis-je, voyez-vous... heu... selon toute apparence... et même sans aucun doute... voyez-vous, vous avez une mauvaise maladie. La syphilis...

Je prononçai le mot et me troublai aussitôt. L'homme allait sans doute s'effrayer, perdre complètement ses moyens...

Il ne perdit nullement ses moyens et ne s'effraya pas le moins du monde. Il me jeta un drôle de regard en coin, un peu comme une poule regardant de son œil rond lorsqu'elle entend qu'on l'appelle. Et dans cet œil rond je découvris, à ma stupéfaction, de l'incrédulité.

– Vous avez la syphilis, repris-je avec douceur.

– Qu'est-ce que c'est que ça? demanda l'homme à l'éruption marbrée.

Devant mes yeux surgit avec une brusque acuité, blanc comme neige, un coin de l'amphithéâtre de l'université, puis l'entassement des têtes d'étudiants et la barbe grise du professeur de vénérologie... Mais je revins rapidement à la réalité pour me souvenir que je me trouvais à mille cinq cents verstes de l'amphithéâtre, que quarante verstes me séparaient du chemin de fer et que j'étais là, dans la lumière de la lampe à pétrole. J'entendais le bruit assourdi des nombreux patients attendant leur tour derrière la porte blanche. Derrière la fenêtre, la nuit venait, inexorablement, et la première neige de l'hiver commençait à tomber.

Je demandai au patient de se déshabiller plus complètement et je trouvai le chancre primaire, déjà en train de cicatriser. Mes derniers doutes tombèrent, tandis qu'un sentiment de fierté – celui-là même que je ressentais à chaque fois que j'avais posé un diagnostic exact – m'envahissait.

– Reboutonnez-vous, repris-je. Vous avez la syphilis! C'est une maladie très grave, qui atteint tout l'organisme. Vous devrez vous soigner longtemps!...

Mais je m'arrêtai net : dans ce regard ressemblant à celui d'une poule je venais de lire – ma parole! – un étonnement teinté à l'évidence d'ironie.

– C'est que... c'est ma gorge qui est enrouée, prononça le patient.

– Mais justement, c'est à cause de ça qu'elle est enrouée, votre gorge. Et c'est aussi à cause de ça que vous avez une éruption sur la poitrine. Tenez, regardez !

Louchant sur sa poitrine, l'homme jeta un coup d'œil. La lueur d'ironie ne s'éteignait pas dans son regard.

– C'est que... c'est ma gorge qu'il faudrait soigner, émit-il.

« C'est une idée fixe ! pensai-je en commençant à m'impatienter. Je lui parle de la syphilis et il me bassine avec sa gorge. »

– Ecoutez-moi, continuais-je à voix haute, la gorge, c'est secondaire. Nous allons la soigner, mais il faut d'abord traiter votre maladie. C'est ça le plus important. Et vous devrez vous soigner longtemps. Pas moins de deux ans.

Le patient écarquilla les yeux. J'y lus son verdict : « Hé ! docteur, tu déménages ! »

– Comment ça, longtemps ? demanda-t-il. Comment ça, deux ans ?!... Il me faudrait un gargarisme pour ma gorge...

Sentant que je commençais à m'échauffer, je me mis à parler. Je ne craignais plus de l'effrayer. Bien au contraire, je lui laissais même entendre que l'os du nez allait être rongé par la maladie. Je ne cachai rien à mon patient de ce qui l'attendait s'il ne se soignait pas convenablement. J'évoquai le problème de la contagion, je parlai longuement d'assiettes, de cuillères, de tasses, et de serviette de toilette individuelle...

– Vous êtes marié ? demandai-je.

– Oui, répondit-il, l'air éberlué.

– Envoyez-moi votre femme, sans faute ! dis-je d'un ton ému et passionné. Car elle aussi est sans doute atteinte.

– Ma femme ?! demanda le patient en me fixant avec un étonnement sans bornes.

98

Nous poursuivîmes notre conversation sur le même mode. Lui, clignant de l'œil, fixait mes prunelles, et moi les siennes. Du reste, c'était plutôt un monologue qu'une conversation. Un monologue que je menais brillamment, et que tout professeur eût noté cinq sur cinq en dernière année de médecine. Je me découvris d'inépuisables connaissances en syphiligraphie et un esprit d'à-propos à toute épreuve. Celui-ci me servit à boucher les trous noirs où me faisaient défaut certains passages des traités de médecine allemands ou russes. Je racontai ce qu'il advient des os chez un syphilitique non traité, j'esquissai au passage le tableau de la paralysie générale. Et la progéniture? Et sa femme, comment la préserver? Et si elle est déjà contaminée – et elle l'est sûrement –, comment la soigner?

Enfin mon flot se tarit et, d'un geste gauche, je sortis de ma poche un manuel à la reliure rouge ornée de lettres d'or. Le fidèle compagnon qui ne me quittait jamais durant les premiers pas de mon difficile chemin... Combien de fois ne m'avait-il pas tiré d'affaire lorsque s'ouvrait devant moi, telle une gueule noire, la maudite question des prescriptions!... Pendant que mon patient se rhabillait, je feuilletai à la dérobée les pages du manuel et y trouvai ce qu'il me fallait.

La pommade au mercure – voilà le remède!

– Vous allez vous faire des frictions. On va vous donner six sachets de pommade, et vous vous ferez des frictions à raison d'un sachet par jour... comme ça...

Et je lui montrai avec chaleur la façon de procéder, frictionnant ma blouse avec ma paume vide.

– ... Un jour, le bras, le lendemain, la jambe. Puis l'autre bras, et ainsi de suite. Quand vous aurez fait les six frictions, vous vous laverez et vous reviendrez me voir. Sans faute. Vous entendez? Sans faute! En outre, tant que vous serez en traitement, il faudra surveiller attentivement les dents et, de façon générale, la bouche. Je vais vous donner un rincement. Après chaque repas, vous vous rincerez soigneusement...

– La gorge aussi? demanda le patient d'une voix enrouée. Je remarquai qu'au mot « rincement » il s'animait soudain.

– Oui, la gorge aussi.

Quelques minutes plus tard, le dos de la touloupe jaune s'effaçait derrière la porte tandis qu'à sa rencontre se faufilait une tête de paysanne coiffée d'un fichu.

Encore quelques minutes plus tard, alors que je parcourais le couloir plongé dans la pénombre qui menait de mon cabinet à l'infirmerie où j'allais chercher des cigarettes, j'entendis au passage un chuchotement enroué :

– Il soigne mal. C'est un jeune. Tu comprends, j'ai mal à la gorge, et lui il me regarde la poitrine, il me regarde le ventre... J'ai pas que ça à faire... J'y ai passé une demi-journée, à l'hôpital. Le temps de partir, et il fait déjà nuit. Seigneur Dieu! J'ai mal à la gorge, et lui, il me donne une pommade pour les pieds.

– C'est jeune, ça fait pas attention, assura à son tour une voix de paysanne un peu chevrotante, puis elle s'arrêta net. C'était moi qui passais tel un fantôme dans ma blouse blanche. Je ne pus m'empêcher de me retourner. Dans la pénombre je reconnus la barbichette semblable à une touffe de chiendent, les paupières bouffies et l'œil de poule. Je reconnus aussi la voix et son redoutable enrouement. Je rentrai la tête dans les épaules, me recroquevillai et m'éclipsai tel un voleur pris en faute, sentant nettement comme une écorchure cuisante dans mon âme. J'étais épouvanté.

Tous mes efforts seraient-ils vains?...

... Je me jurai que non. Pendant un mois, tous les matins je passai au peigne fin le registre des malades, m'attendant toujours à y trouver le nom de celui qui avait si attentivement écouté mon monologue sur la syphilis, et celui de sa femme. Mais ni l'un ni l'autre ne se présentèrent. Et puis, le mois écoulé, il s'éteignit dans ma mémoire, cessa de me tourmenter et s'effaça...

Car chaque jour il arrivait d'autres malades; chaque jour, dans ce trou perdu, mon travail m'apportait son lot de cas étonnants et de pièges insidieux qui m'épuisaient le cerveau et dans lesquels, des centaines de fois, il m'arrivait de me perdre; puis je reprenais souffle et, de nouveau, je me préparais au combat.

A présent que les années ont passé, loin de mon hôpital blanc, perdu, pelé, cette éruption étoilée sur la poitrine me revient en mémoire. Où est-il? Que fait-il? Je le sais bien, ce qu'il fait. S'il est encore en vie, il va de temps à autre avec sa femme à l'hôpital local. Tous deux se plaignent d'ulcères aux jambes. Je me représente très bien l'homme déroulant les chiffons qui lui entourent les pieds et quêtant la compassion du jeune médecin. Celui-ci – un homme ou une femme –, dans sa blouse blanche toute rapiécée, se penche sur la jambe du malade, presse du doigt l'os au-dessus de l'ulcère, cherche la cause. Et, l'ayant trouvée, il inscrit dans le registre : « *Lues 3*[1] »; puis il demande au patient si on ne lui aurait pas prescrit, autrefois, de la pommade noire.

Alors, à son tour, il se souviendra de moi, de l'année 1917, de la neige derrière la fenêtre et des six petits

1. Syphilis tertiaire. En Russie, puis en Union soviétique, les prescriptions médicales et les ordonnances étaient (et sont toujours) rédigées en latin.

sachets de papier sulfurisé – six petites boules de pâte collante restées inutilisées.

– Pour sûr qu'il m'en avait donné... dira-t-il en jetant un regard non plus ironique, mais plein d'une inquiétude noirâtre. Et le médecin lui prescrira de l'iodure de potassium ou ordonnera peut-être quelque autre traitement. Et qui sait s'il ne consultera pas, lui aussi, son manuel...

Salut à vous, mon camarade !

... Et encore, ma très chère épouse, transmettez mon profond salut à l'oncle Safron Ivanovitch. En outre, ma chère épouse, allez voir notre docteur et faites-vous examiner, car cela fait six mois déjà que j'ai une vilaine maladie, la syphile. Quand je vous ai vue, je n'en ai rien dit. Faites-vous soigner.

Votre époux, An. Boukov.

La jeune femme mordit un coin de son fichu de cotonnade, s'assit sur le banc et se mit à sangloter. Sur son front, s'échappant du fichu, apparurent quelques boucles de cheveux blonds mouillés par la neige fondue.

– Quelle crapule, hein ?

– Oui, quelle crapule, répondis-je fermement.

Puis il fallut passer à la partie la plus difficile et la plus éprouvante de l'entretien. Je devais la tranquilliser. Mais comment ? Sous le bourdonnement des voix attendant leur tour de visite, nous restâmes longtemps à chuchoter.

Du plus profond de mon âme non émoussée encore par la souffrance humaine, je trouvai des mots chaleureux. Je m'efforçai avant tout d'anéantir sa peur. Je lui dis qu'on ne savait rien encore et qu'il était inutile de se désespérer avant d'avoir procédé aux analyses. Et même après, le désespoir n'était pas de mise : je lui racontai comment nous arrivions à soigner, avec succès, cette « vilaine » maladie qu'était la syphilis.

– Crapule, crapule, sanglotait la jeune femme en s'étouffant de ses larmes.

– Crapule, oui, reprenais-je.

Nous continuâmes ainsi assez longtemps à injurier le « très cher époux » qui, après avoir séjourné un peu chez lui, était parti pour Moscou.

Enfin, le visage de la femme commença à s'assécher; n'y restaient plus à présent que quelques taches et des paupières lourdement gonflées au-dessus des yeux noirs pleins d'épouvante.

– Qu'est-ce que je vais faire? C'est que j'ai deux enfants, disait-elle d'une voix épuisée et sèche.

– Attendez, attendez, marmonnais-je, on verra bien ce qu'il faut faire.

Je fis venir Pélagie Ivanovna, la sage-femme, et nous nous enfermâmes tous trois dans la salle où l'on faisait les examens gynécologiques.

– Ah! le sale type! sifflait entre ses dents Pélagie Ivanovna. La femme ne disait rien. Les yeux enfoncés dans les orbites comme deux petits trous noirs, elle regardait fixement la fenêtre, le crépuscule.

Ce fut l'un des examens les plus minutieux que j'eus jamais à faire. Je passai en revue, avec Pélagie Ivanovna, chaque pouce de son corps. Et je ne trouvai nulle part quoi que ce fût de suspect.

– Vous savez quoi? dis-je en désirant ardemment que mes espoirs ne soient pas démentis par la suite et que jamais n'apparaisse le redoutable chancre primaire. Vous savez quoi?... Cessez de vous tourmenter! Il y a un espoir. Oui, un espoir!... A vrai dire, tout peut encore arriver, mais pour l'instant vous n'avez rien.

– Rien? demanda la femme d'une voix rauque. Je n'ai rien? (Dans ses yeux surgirent des étincelles, ses pommettes se teintèrent de rose.) Et si ça arrivait quand même? Hein?...

– Je n'y comprends rien moi-même, dis-je à mi-voix à Pélagie Ivanovna. D'après ce qu'elle a raconté, elle devrait être atteinte, et pourtant il n'y a rien.

– Il n'y a rien, répondit en écho Pélagie Ivanovna.

Nous restâmes encore quelques minutes ensemble à chuchoter, parlant de différents délais et évoquant certains détails intimes, puis je prescrivis à la jeune femme de se rendre régulièrement à l'hôpital.

A présent que je regardais la jeune femme, je la voyais comme cassée en deux. L'espoir s'insinuait en elle, pour aussitôt disparaître. Elle pleura encore un peu avant de repartir dans la nuit noire.

A compter de ce jour il y eut comme un glaive suspendu au-dessus d'elle. Chaque samedi elle apparaissait sans bruit à ma consultation. Elle avait les traits tirés, ses pommettes étaient devenues plus saillantes, ses yeux entourés d'ombres s'étaient creusés. Elle se concentrait sur une seule pensée qui lui tirait les commissures des lèvres vers le bas. D'un geste habituel elle défaisait son fichu, puis nous entrions tous trois dans la salle d'obstétrique. Nous l'examinions.

Les trois premiers samedis passèrent sans que nous ayons rien trouvé. Elle commença alors à se remettre peu à peu. Un éclat de vie réapparaissait dans ses yeux, son visage s'animait, le masque crispé se détendait. Nos chances augmentaient tandis que s'éloignait le danger. Le quatrième samedi, je parlais déjà avec assurance. Il y avait près de 90 pour cent de chances pour une issue favorable. Le délai capital de vingt et un jours étant largement dépassé, il restait à prolonger l'observation sur d'autres périodes plus longues, car le chancre peut aussi apparaître très tardivement. Ces derniers délais furent enfin, eux aussi, dépassés. Un jour, je rejetai le miroir étincelant dans la cuvette, et, après avoir une fois encore examiné les ganglions, j'annonçai à la femme :

– Vous êtes hors de danger. Ce n'est plus la peine de revenir. Vous avez eu de la chance.

– Et je n'aurai rien ? demanda-t-elle d'une voix inoubliable.

– Rien.

Les mots me manquent pour décrire son visage. Je me souviens seulement qu'elle s'inclina profondément avant de disparaître.

Elle réapparut néanmoins encore une fois. Dans ses mains elle tenait un paquet contenant deux livres de beurre et deux dizaines d'œufs. A l'issue d'un combat acharné, je ne pris ni le beurre ni les œufs, et je fus très fier de mon geste – car j'étais jeune alors ! Mais par la suite, lorsqu'il m'arriva d'avoir faim durant les années de la révolution, je repensai plus d'une fois à la grosse lampe à pétrole, aux yeux noirs et au morceau de beurre doré avec les empreintes des doigts et des gouttes de rosée affleurant à la surface.

Maintenant que tant d'années ont passé, pourquoi cette femme, condamnée à quatre mois de frayeur, me revient-elle en mémoire ? Ce n'est pas un hasard. Elle avait été ma deuxième patiente dans un domaine auquel je consacrai par la suite les meilleures années de ma vie –

105

le premier patient ayant été l'homme à l'éruption étoilée. Elle avait été ma deuxième patiente, donc, mais aussi l'unique exception : car elle avait eu peur. Aussi loin que je me souvienne du travail accompli par nous quatre (Pélagie Ivanovna, Anna Nikolaïevna, Démian Loukitch[1] et moi-même) sous la lumière de la lampe à pétrole, elle est l'unique cas de ce genre dont ma mémoire a conservé la trace.

Pendant que s'écoulaient ces pénibles samedis, comme dans l'attente d'un châtiment, je me mis à « sa » recherche... Les soirées d'automne sont longues. Dans l'appartement du docteur les poêles hollandais sont brûlants. Pas un bruit... Il me semblait alors que j'étais seul au monde avec ma lampe. Ailleurs la vie jaillissait avec fracas, tandis que chez moi une pluie oblique tombait derrière les fenêtres et cognait aux carreaux. Puis elle se transforma imperceptiblement en une neige silencieuse... De longues heures durant, je restais assis à lire les registres des malades pour les cinq dernières années. Devant moi passaient, par milliers et par dizaines de milliers, les noms de familles et les noms de villages. Dans ces colonnes de gens c'est elle que je cherchais – et, souvent, je la trouvais. Les annotations défilaient, habituelles et lassantes : « *Bronchitis* », « *Laryngitis* »... encore et encore... Et soudain : « *Lues 3* ». Nous y sommes! Dans la marge, une main familière avait inscrit d'une large écriture :

Rp. Ung. hydrarg. Ciner. 3,0 D.t.d.[2]

La voici, la « pommade noire ».

Les bronchites et les catarrhes se mettaient de nou-

---

1. L'infirmier et les deux sages-femmes que l'on retrouve dans les *Récits d'un jeune médecin*.
2. Cf. note 1, p. 101.

veau à danser devant mes yeux, puis ils s'interrompaient brusquement pour faire place, de nouveau, à « *Lues* »…

Le plus souvent il s'agissait de syphilis secondaire. Plus rarement, de syphilis tertiaire. Dans ce cas, l'iodure de potassium occupait toute la colonne « traitement ».

A mesure que je parcourais les vieux registres à l'odeur de moisi oubliés dans le grenier, la lumière se déversait dans ma tête inexpérimentée. Je commençais à comprendre des choses monstrueuses…

Permettez, mais où donc trouve-t-on mention du chancre primaire ? Pratiquement nulle part. Sur des milliers et des milliers de noms, on en rencontre – rarement – un cas. Un seul. Alors que la syphilis secondaire se dévide en un chapelet sans fin. Qu'est-ce que cela signifie ? Cela signifie…

– Cela signifie…, disais-je dans la pénombre, m'adressant à moi-même et à la souris qui grignotait le dos des vieux volumes rangés sur les rayonnages… Cela signifie que l'on n'a pas idée, ici, de ce qu'est la syphilis. Le chancre primaire n'effraie personne… Mmouais. Puis le chancre guérit, laissant juste une cicatrice… Et voilà tout ? Que non ! C'est alors que va se développer, avec pertes et fracas, la syphilis secondaire. Lorsque se déclareront les maux de gorge et que le corps se couvrira de papules infiltrées, Sémion Khotov, trente-deux ans, se rendra à l'hôpital où on lui prescrira de la pommade noire… Nous y voilà !…

Un rond de lumière éclairait la table ; au fond du cendrier la femme allongée couleur chocolat disparaissait sous les mégots.

– Je retrouverai ce Sémion Khotov… Voyons…

Les feuilles légèrement jaunies du registre bruissaient. Le 17 juin 1916, Sémion Khotov avait reçu six petits sachets de pommade au mercure, cette pommade inventée depuis longtemps pour le salut de Sémion Khotov. En lui remettant la pommade salvatrice, mon prédécesseur avait dû dire à Sémion :

– Lorsque tu auras fait six frictions, tu te laveras et tu reviendras me voir. Tu entends, Sémion ?

Sémion s'était incliné, comme de bien entendu, et avait remercié d'une voix rauque. Voyons un peu : dix à douze jours plus tard, Sémion doit à coup sûr réapparaître dans le registre. Voyons, voyons... Fumée. Bruissement de feuilles. Mais pas de Sémion ! Pas plus au bout de dix jours qu'au bout de trois semaines... Envolé, Sémion. Ah ! pauvre Sémion Khotov ! Comme s'éteignent les étoiles à l'aube, l'éruption marbrée a sans doute disparu, les condylomes se sont asséchés. Mais il est perdu, Sémion, sans l'ombre d'un doute. Je le verrai à coup sûr apparaître à ma consultation, le corps marqué de gommes syphilitiques. Dans quel état est son squelette nasal ? Et les pupilles ?...

Après Sémion, voici maintenant Ivan Karpov. En soi, cela n'a rien d'étonnant : pourquoi Ivan Karpov ne tomberait-il pas malade lui aussi ? Oui, mais permettez, on lui a prescrit du calomel avec du sucre de lait, en faibles doses : pourquoi ? C'est qu'Ivan Karpov a deux ans ! Et il est atteint de « *Lues 2* » ! Le chiffre fatidique... On a apporté un Ivan Karpov couvert d'étoiles, et, dans les bras de sa mère, il se débattait sous les mains tenaces du docteur. Tout s'explique.

Je le sais, je le devine, j'ai compris où se trouvait, chez le petit garçon de deux ans, le chancre primaire sans lequel il n'y a pas de syphilis secondaire. Il se trouvait dans la bouche, et une petite cuillère avait suffi pour lui transmettre la maladie...

La campagne la plus reculée avait décidément beaucoup à m'apprendre, dans le silence de cette maison au confort rustique. Oui, un vieux registre de consultation est plein d'enseignement pour un jeune médecin...

Au-dessous d'Ivan Karpov figurait « Avdotia Karpova, trente ans ».

Qui est-ce? J'y suis, la mère d'Ivan, bien sûr. C'est dans ses bras qu'il pleurait.

Et au-dessous d'Ivan Karpov : « Avdotia Karpova, huit ans ».

– Et celle-ci, qui est-ce? La sœur! Calomel...

Toute la famille est là. Il ne manque qu'un seul de ses membres, le dénommé Karpov, âge : trente-cinq, quarante ans... On ne connaît pas même son prénom – Sidor ou Piotr... D'ailleurs, quelle importance!

« Très chère épouse... une vilaine maladie, la syphile... » : la voici, la fiche d'identification du dénommé Karpov. Tout s'éclaire dans ma tête. Oui, il est sans doute revenu de ce maudit front et il n'a « rien dit ». Peut-être ne savait-il même pas qu'il y avait quelque chose à dire. Puis il est reparti, et c'est là que tout a commencé. Avdotia, Marie, Ivan, les uns après les autres. L'écuelle commune avec la soupe aux choux, la serviette de toilette...

Encore une famille. Et encore une. Puis un vieillard. Age : soixante-dix ans. « *Lues 2* ». Un vieillard. De quoi est-il coupable? De rien. De l'écuelle commune! Pas de relations sexuelles. Tout s'éclaire, comme l'aube claire et blanchâtre de ce début de décembre... Ainsi, j'avais passé toute cette nuit solitaire à consulter les registres des malades et les splendides manuels allemands avec leurs illustrations de couleurs vives...

Tandis que j'allais me coucher, je murmurai en bâillant :

– Je « la » combattrai.

Pour la combattre, encore fallait-il la voir. Et elle ne désarmait pas. Le chemin de traînage était rétabli et il m'arrivait de recevoir jusqu'à cent personnes en une seule journée. Depuis la pointe du jour, d'un blanc trouble, jusqu'aux ténèbres noires, lorsque les traîneaux s'éloignaient, énigmatiques, avec un léger frôlement.

Elle prenait devant moi les formes les plus diverses et les plus insidieuses. Tantôt c'étaient des ulcérations blanchâtres dans la gorge d'une adolescente, tantôt des tibias déformés en lame de sabre ou des ulcères profonds sur les jambes jaunies d'une vieille, ou encore des papules infiltrées sur le corps d'une jeune femme resplendissante. Parfois elle apparaissait avec arrogance sur le front, le marquant d'une couronne de Vénus en forme de demi-lune. Elle était l'image de l'obscurantisme des pères, que reflétaient leurs enfants aux nez pareils à des selles cosaques. Mais elle se faufilait aussi à mon insu. Car je venais tout droit des bancs de l'école !

J'arrivais malgré tout à la débusquer par mes propres forces et dans la solitude. Elle se tenait tapie quelque part dans les os et dans le cerveau.

J'appris beaucoup de choses.

– On m'avait dit de faire des frictions.

– Avec de la pommade noire ?

– C'est ça même, de la pommade noire...

– En alternant? Un jour le bras, le lendemain la jambe?

– C'est ça même. Et comment que tu sais tout ça, notre bon monsieur? *(Ton de flatterie.)*

« Comment ne pas le savoir? Comment ne pas la reconnaître? La voici, la gomme syphilitique!... »

– Tu as eu une vilaine maladie?

– Vous n'y pensez pas! Il n'y a jamais eu de ça chez nous.

– Mmm... Tu as eu des maux de gorge?

– Des maux de gorge? Pour ça, oui. L'année dernière.

– Mmm... Et Léonti Léontievitch t'avait prescrit de la pommade?

– Pour sûr! De la pommade noire comme du cirage.

– Tu les as bien mal faites, ces frictions!...

Je dilapidais des kilos et des kilos de pommade noire. Je prescrivais à tour de bras de l'iodure de potassium et je proférais quantité de paroles passionnées. Certains de mes malades revinrent après les six premières frictions. Quelques-uns purent suivre – bien qu'incomplètement, dans la majorité des cas – au moins la première série d'injections. Mais la plupart d'entre eux me filaient entre les doigts comme le sable dans un sablier, et je ne pouvais les retrouver dans les ténèbres neigeuses. Je découvris que la syphilis, ici, avait ceci d'effrayant qu'elle n'effrayait personne. Et c'est pourquoi, au début de ce récit, je me suis souvenu de cette femme aux yeux noirs. Je me suis souvenu d'elle avec une sorte de chaleureux respect – précisément parce qu'elle avait eu peur. Mais elle était la seule!

111

J'acquis de la maturité, je devins plus réfléchi, parfois même taciturne. Je rêvais d'en finir avec mon travail dans ce trou et de retourner dans une ville universitaire où mon combat serait plus facile à mener.

C'est par une de ces journées particulièrement sombre qu'arriva à la consultation une femme jeune et jolie. Elle portait dans ses bras un enfant emmailloté; deux gamins, clopinant et s'emmêlant les pieds dans d'énormes bottes de feutre, apparurent à sa suite, agrippés à la jupe bleue qui dépassait de la courte veste en peau de mouton.

– Les gamins ont fait une éruption, prononça gravement la petite femme aux joues rouges.

Je touchai avec précaution le front de la fillette agrippée à la jupe, et elle disparut sans laisser de traces dans les plis. De l'autre côté de la jupe j'extirpai un Vanka extraordinairement mafflu et lui tâtai à lui aussi le front. Ni l'un ni l'autre ne présentaient de fièvre.

– Défais l'enfant, ma mignonne.

Elle découvrit une petite fille dont le frêle corps nu était semé d'étoiles – comme le ciel par une nuit glaciale. Des pieds à la tête s'étalaient des nappes de roséole et de papules infiltrées. Vanka ayant pris le parti de hurler et de se débattre, Démian Loukitch arriva à la rescousse...

– Ils ont attrapé un coup de froid, c'est ça? dit la mère en me regardant de ses yeux paisibles.

– Pff... un coup de froid, grommelait Démian Loukitch, la bouche tordue en une grimace compatissante et dégoûtée. Tout le district de Korobovsk en est malade de ce coup de froid.

112

– Et d'où que ça vient? demanda la mère tandis que j'examinais son torse et sa poitrine tachetés.

– Rhabille-toi, dis-je.

Puis je m'assis un moment à mon bureau, posai la tête sur mon bras et bâillai. (C'était l'une de mes dernières patientes de la journée, et elle avait le numéro 98.) Ensuite je commençai à parler.

– Toi et tes enfants, vous avez une « vilaine maladie ». Une maladie dangereuse et terrible. Il faut que vous commenciez tout de suite à vous soigner, et le traitement sera long.

Comme il est dommage que les mots ne puissent exprimer l'incrédulité que je vis dans les yeux exorbités de la femme. Elle retourna son enfant comme une bûche, regarda d'un air buté les petits pieds et demanda :

– Et d'où que ça vient?

Puis elle eut un petit rire en coin.

– « D'où que ça vient », ce n'est pas ça qui m'intéresse, répliquai-je en allumant la cinquantième cigarette de la journée. Demande-moi plutôt ce qui va arriver à tes enfants si tu refuses de les soigner.

– Ben quoi, il va rien arriver du tout, répondit-elle en commençant à remmailloter l'enfant dans ses langes.

Une montre était posée devant moi sur la table. Je m'en souviens comme si c'était hier, je n'avais pas commencé à parler depuis trois minutes que la femme éclatait en sanglots. J'avais choisi à dessein les mots les plus durs et les plus effrayants, et j'étais très content qu'ils aient provoqué ces larmes, rendant ainsi possible la suite de la conversation :

– C'est décidé, ils restent. Démian Loukitch, vous les installerez dans le pavillon. Nous mettrons les typhiques dans la deuxième salle. Demain, j'irai en ville et j'obtiendrai l'autorisation d'ouvrir un service d'hospitalisation pour les syphilitiques.

Un intense intérêt s'alluma dans les yeux de l'infirmier.

— Mais enfin, docteur, rétorqua-t-il (Démian Loukitch était un grand sceptique), comment allons-nous nous en sortir tout seuls ? Et les préparations ? les seringues ? Il n'y a pas assez de gardes-malades... Et qui s'occupera de les nourrir ?

Mais je hochai la tête avec entêtement et obstination :

— J'y arriverai.

Un mois passa.

Dans les trois salles du petit pavillon enseveli sous la neige brûlaient des lampes à abat-jour en fer-blanc. Le linge de lit était usé jusqu'à la corde. Il y avait en tout et pour tout deux seringues : une petite de 1 ml et une seringue de 5 ml, une Luer. Bref, tout cela n'était que misère pitoyable ensevelie sous la neige. Mais... mais il y avait aussi, posée crânement à l'écart, la seringue qui servait aux injections de Salvarsan et à l'aide de laquelle, à moitié mort de peur, je commençais à mettre en œuvre ce traitement difficile et encore mystérieux à mes yeux.

J'avais aussi l'esprit beaucoup plus tranquille. Dans le pavillon où sept hommes et cinq femmes étaient alités, l'éruption étoilée fondait un peu plus chaque jour.

C'était le soir. Démian Loukitch éclairait à l'aide d'une petite lampe le timide Vanka. La bouche du gamin était barbouillée de bouillie de semoule. Mais sur son corps il n'y avait plus trace d'étoiles. Ils défilèrent ainsi tous les quatre devant la petite lampe, flattant ma bonne conscience.

— Faut croire que demain on va pouvoir sortir, dit la mère en rajustant sa blouse.

— Non, pas encore, répondis-je. Il reste encore un traitement à faire.

— Pas question, répliqua-t-elle. Moi, j'ai de l'ouvrage en veux-tu en voilà, à la maison. Merci bien pour votre aide, mais faites-nous sortir demain. Nous sommes guéris.

La discussion s'enflamma comme un feu de bois. Elle s'acheva ainsi :

— Tu sais quoi... articulai-je en sentant que je virais au rouge pourpre, tu... tu n'es qu'une idiote!...

— Qu'est-ce que tu as à me crier dessus? Qu'est-ce que c'est que ces manières d'engueuler les gens?

— Tu es pire qu'une idiote! Tu es une... Regarde-le un peu, ton Vanka! Tu veux sa perte? Eh bien moi, je ne te laisserai pas faire!

Et elle resta encore pendant dix jours.

Dix jours! Personne n'aurait pu la retenir davantage, j'en donne ma parole. Mais, croyez-moi, j'avais la conscience en paix, et même... et même l'avoir traitée d'idiote ne me chagrinait pas trop. Je ne le regrette pas. Qu'est-ce qu'un mot un peu vif face à l'éruption étoilée!

Les années ont passé. Il y a longtemps que le destin et le tumulte des temps m'ont séparé du pavillon enseveli sous la neige. Qu'en est-il maintenant là-bas? Qui l'habite à présent? Je veux croire que les choses ont changé – en mieux. Le bâtiment est repeint de blanc, peut-être même y a-t-il du linge de lit neuf. Mais, bien sûr, il n'y a pas l'électricité. Et tandis que j'écris ces lignes, qui sait ? un jeune médecin penche sa tête vers la poitrine d'un malade. La lampe à pétrole éclaire d'une lumière jaunâtre la peau jaunâtre du patient...

Salut à vous, mon camarade !

Table

Sherwood Anderson. *Pauvre Blanc.* 3078

« Je m'en vais, je m'en vais pour être un homme parmi les hommes. »

Miguel Angel Asturias. *Le Pape vert.* 3064

« Le costume des hommes libres, voilà le seul que je puisse porter. »

Adolfo Bioy Casares.
Journal de la guerre au cochon. 3074

« " Ce n'est pas pour rien que les Esquimaux ou les Lapons emmènent leurs vieux en pleine neige pour qu'ils y meurent de froid ", dit Arévalo. »

Karen Blixen.
Sept contes gothiques (nouvelles). 3020

« Car en vérité, rêver c'est le suicide que se permettent les gens bien élevés. »

Mikhaïl Boulgakov. *La Garde blanche.* 3063

« Oh! Seul celui qui a déjà été vaincu sait ce que signifie ce mot. »

Mikhaïl Boulgakov.
Le Maître et Marguerite. 3062

« Et quelle est votre spécialité? s'enquit Berlioz.
— La magie noire. »

André Breton.
Anthologie de l'humour noir. 3043

Allais, Crevel, Dali, Jarry, Kafka, Poe, Sade, Swift et beaucoup d'autres.

Erskine Caldwell.
Les braves gens du Tennessee. 3080

« Espèce de trousseur de négresses! Espèce d'obsédé imbécile!... Un baiseur de négresses! C'est répugnant, c'est... »

Italo Calvino. *Le Vicomte pourfendu.* 3004

« ... mon oncle ouvrait son unique œil, sa demi-bouche, dilatait sa narine... Il était vivant et pourfendu. »

Elias Canetti. *Histoire d'une jeunesse :*
La langue sauvée. 3044

« Il est vrai qu'à l'instar du premier homme, je ne naquis qu'après avoir été chassé du paradis. »

Elias Canetti. *Histoire d'une vie :*
Le flambeau dans l'oreille. 3056

« Je m'incline devant le souvenir... et je ne cache pas les craintes que m'inspirent ceux qui osent le soumettre à des opérations chirurgicales. »

Elias Canetti. *Les Voix de Marrakech.* 3073

« Trois fois je me suis trouvé en contact avec des chameaux et, chaque fois, cela s'est terminé de façon tragique. »

Blaise Cendrars. *Rhum.* 3022

« Je dédie cette vie aventureuse de Jean Galmot aux jeunes gens d'aujourd'hui fatigués de la littérature. »

Jacques Chardonne.
Les Destinées sentimentales. 3039

« Il y a en France une grande variété de bourgeois; j'ai choisi les meilleurs; justement je suis né chez eux. »

Jacques Chardonne.
L'amour c'est beaucoup plus que l'amour. 3040

« J'ai choisi, dans mes livres, des phrases qui ont l'air d'une pensée... »

Joseph Conrad et Ford Madox Ford.
L'Aventure. 3017

« Partir à la recherche du Roman... c'est un peu comme essayer d'attraper l'horizon. »

René Crevel. *La Mort difficile.* 3085

« Pierre s'en fout. Pierre est libre. Sa liberté, à lui, sa liberté s'appelle la mort. »

Iouri Dombrovski. *La Faculté de l'inutile.* 3034

« Que savez-vous de notre vérité ? »

Lawrence Durrell. *Cefalù.* 3037

« ... la signification profonde de toute sa vie allait peut-être se dégager de cette épouvantable aventure. Mais laquelle ? »

Friedrich Dürrenmatt. *La Panne.* 3075

« Curieux et intrigué, Traps s'enquit du crime dont il aurait à répondre. '' Aucune importance !... Un crime on en a toujours un ! '' »

Jean Giono. *Mort d'un personnage.* 3084

« Elle est si près de la mort maintenant qu'elle doit déjà entendre les bruits de l'autre côté. »

Jean Giono. *Le Serpent d'étoiles.* 3082

« On aura trouvé, dans les pages précédentes, l'obsession de l'eau et de la mer : cela vient de ce qu'un troupeau est une chose liquide et marine. »

Henry James. *Roderick Hudson.* 3053

« On nous dit que le vrai bonheur consiste à sortir de soi-même; mais il ne suffit pas d'en sortir; il faut rester dehors. »

Henry James. *La Coupe d'or.* 3067

« '' Ma Coupe d'Or '', prononça-t-il... Il laissa cette pièce remarquable, car certainement elle était *remarquable*, produire son sûr effet. »

Henry James. *Le Tour d'écrou.* 3086

« ... et puis ce fut sa face pâle de damné qui s'offrit à ma vue, collée à la vitre et dardant sur l'intérieur de la chambre ses prunelles hagardes. »

Ernst Jünger. *Jardins et routes*
Journal I (1939-1940). 3006

« ... dans la littérature, le journal est le meilleur médium. Dans l'état totalitaire, il reste le seul mode de discussion possible. »

Ernst Jünger. *Premier journal parisien*
Journal II (1941-1943).   3041
« Tandis que le crime se répandait sur la terre comme
une peste, je ne cessais de m'abîmer dans le mystère des
fleurs ! Ah ! plus que jamais, gloire à leurs corolles... »

Ernst Jünger. *Second journal parisien*
Journal III (1943-1945).   3042
« 1944 — Pendant la nuit, raids aériens et violentes
canonnades... Terminé *Passe-temps* de Léautaud. »

Ernst Jünger. *La Cabane dans la vigne,*
Journal IV (1945-1948)   3097
« Toujours fiévreux, mais des descriptions du climat des
Tropiques m'ont remonté. »

Ismaïl Kadaré. *Avril brisé.*   3035
« '' Oui, maintenant... nous sommes bien entrés dans le
royaume de la mort '', dit Bessian. »

Ismaïl Kadaré. *Qui a ramené Doruntine ?*   3089
« ... Finalement, toute cette histoire n'a de sens que si
quelqu'un est sorti de sa tombe. »

Franz Kafka. *Journal.*   3001
« Il faut qu'une ligne au moins soit braquée chaque jour
sur moi comme on braque aujourd'hui un télescope sur
les comètes. »

Yasunari Kawabata.
Les Belles Endormies.   3008
« Sans doute pouvait-on appeler cela un club secret... »

Yasunari Kawabata. *Pays de neige.*   3015
« ... ce blanc qui habitait les profondeurs du miroir,
c'était la neige, au cœur de laquelle se piquait le carmin
brillant des joues de la jeune femme. »

Yasunari Kawabata. *La Danseuse d'Izu.*   3023
« Peut-être un jour l'homme fera-t-il marche arrière sur
le chemin qu'il a parcouru. »

Yasunari Kawabata. *Le Lac.* 3060

« Plus repoussante était la femme et mieux elle lui permettait d'évoquer le doux visage de Machié. »

Yasunari Kawabata. *Kyoto.* 3081

« Et puis, cette jeune montagnarde disait qu'elles étaient jumelles... Sur son front, perla une sueur froide. »

Yasunari Kawabata.
Le Grondement de la montagne. 3071

« J'ai des ennuis avec mes oreilles ces temps-ci. Voici peu, j'étais allé prendre le frais la nuit sur le seuil de la porte, et j'ai entendu un bruit, comme si la montagne grondait. »

Andrzeij Kusniewicz. *L'État d'apesanteur.* 3028

« Cela commença le 31 janvier vers six heures et demie du matin... par une brusque explosion... Je restais en suspens... dans une sorte d'apesanteur psychique, proche par moments de l'euphorie. »

Pär Lagerkvist. *Barabbas.* 3072

« Que faisait-il sur le Golgotha, lui qui avait été libéré ? »

D.H. Lawrence. *L'Amazone fugitive.* 3027

« La vie n'est supportable que si l'esprit et le corps sont en harmonie... et que chacun des deux a pour l'autre un respect naturel. »

D.H. Lawrence. *Le Serpent à plumes.* 3047

« Les dieux meurent en même temps que les hommes qui les ont créés, mais la divinité gronde toujours, ainsi que la mer... »

Sinclair Lewis. *Babbitt.* 3038

« ... il avait, en ce mois d'avril 1920, quarante-six ans et ne faisait rien de spécial, ni du beurre, ni des chaussures, ni des vers... »

Carson McCullers.
Le cœur est un chasseur solitaire. 3025

« Il se sentait le cœur malade d'un amour irrité, inquiet. »

Edna O'Brien. *Un cœur fanatique.*   3092
« Mon père était généreux, absurde et si paresseux qu'il ne pouvait s'agir que d'un genre de maladie. »

Edna O'Brien. *Une rose dans le cœur.*   3093
« Pour Mme Reinhart, tout commença d'aller mieux dès le moment où elle devint somnambule. »

Liam O'Flaherty. *Famine.*   3026
« " ... Je ne suis pas encore affamée au point d'aller mendier de la soupe aux protestants ! " s'exclama Sally. »

Mervyn Peake. *Titus d'Enfer.*   3096
« La bouffe, dit Lenflure, est une chose chéleste, et la boichon une chose enchanterèche. L'une donne des fleurs de flatulenche, et l'autre des bourgeons de gaz vomichants. »

Augusto Roa Bastos. *Moi, le Suprême.*   3048
« Moi, Dictateur Suprême de la République, j'ordonne... »

Raymond Roussel. *Impressions d'Afrique.*   3010
« Vers quatre heures, ce 25 juin, tout semblait prêt pour le sacre de Talou VII, empereur du Ponukélé, roi du Drelchkaff. »

Arthur Schnitzler. *Vienne au crépuscule.*   3079
« J'admire en général tous les gens qui sont capables de risquer autant pour une cause qui, au fond, ne les concerne pas. »

Arthur Schnitzler. *Une jeunesse viennoise,*
Autobiographie (1862-1889).   3091
« Je suis né à Vienne, le 15 mai 1862, au troisième étage de la maison attenante à l'hôtel Europe, dans la Praterstrasse... et quelques heures après — mon père me l'a souvent raconté — je passai un moment couché sur son bureau. »

Isaac Bashevis Singer. *Shosha.*   3030
« Je ne crois pas en Dieu. Mais je reconnais qu'il existe làhaut une main qui guide notre monde... une main vicieuse, une main sanglante... »

Isaac Bashevis Singer. *Le Blasphémateur.*
« " Et qui a créé le monde ? demandai-je.
— Et qui a créé Dieu ? " répliqua Chakele. »

Isaac Bashevis Singer. *Le Manoir.*
« Oui ce monde du dehors était vaste, libre et moderne, tandis que lui-même restait enterré en Pologne. " Je dois sortir d'ici avant qu'il ne soit trop tard ", pensa Zipkin. »

Isaac Bashevis Singer. *Le Domaine.*
« L'homme a-t-il réellement un devoir à remplir ? N'est-il pas simplement une vache qui a besoin de paître jusqu'à ce qu'elle meure ou qu'elle soit tuée ? »

Robert Penn Warren. *Les Fous du roi.*
« ... Je l'écraserai. Des tibias jusqu'aux clavicules, coups aux reins et sur la nuque et au plexus solaire, et upper-cuts. Et peu importe avec quoi je frappe. Ou comment ! »

Thornton Wilder.
Le Pont du roi Saint-Louis.
« Le vendredi 20 juillet 1714, à midi, le plus beau pont du Pérou se rompit et précipita cinq personnes dans un gouffre... »

Virginia Woolf. *Orlando.*
« Hier matin j'étais au désespoir... J'ai trempé ma plume dans l'encre et écrit presque machinalement : " Orlando, une biographie. " »

Virginia Woolf. *Les Vagues.*
« J'espère avoir retenu ainsi le chant de la mer et des oiseaux... la vie elle-même qui s'écoule. »

Virginia Woolf. *Mrs. Dalloway.*
« Alors vint le moment le plus délicieux de sa vie : Sally s'arrêta, cueillit une fleur et l'embrassa sur les lèvres. »

Virginia Woolf. *Promenade au phare.*
« ... la grande assiettée d'eau bleue était posée devant elle; le Phare austère et blanc de vieillesse se dressait au milieu, très loin... »

Virginia Woolf. *La Chambre de Jacob.*   3049

« Je progresse dans *Jacob* — le roman le plus amusant que j'aie jamais fait, je crois — amusant à écrire s'entend. »

Virginia Woolf. *Années.*   3057

« '' C'est inutile, coupa-t-elle... Il faut que l'instant présent s'écoule. Il faut qu'il passe. Et après ? '' »

Virginia Woolf. *Entre les actes.*   3068

« '' Cette année... l'année dernière... l'année prochaine... jamais '', murmura Isa. »

Virginia Woolf. *Flush.*   3069

« Voici l'histoire du bichon de Mrs. Browning. Mais attention !... Prenez garde que sous le poil de cette bestiole pourrait se loger quelque secret. » Louis Gillet.

Virginia Woolf. *Instants de vie.*   3090

« Pourquoi ai-je oublié tant de choses qui auraient dû être, semble-t-il, plus mémorables que celles dont je me souviens ? »

IMPRIMÉ EN FRANCE PAR BRODARD ET TAUPIN
Usine de La Flèche (Sarthe).
LIBRAIRIE GÉNÉRALE FRANÇAISE - 6, rue Pierre-Sarrazin - 75006 Paris.

ISBN : 2 - 253 - 04774 - 0   ♦ 42/3108/0